Die drei !!!

Die drei !!!

Alpaka-Alarm

Mira Sol

KOSMOS

Umschlagillustration von Ina Biber, Gilching
Umschlaggestaltung von Sabine Reddig

Unser gesamtes lieferbares Programm und viele weitere Informationen zu unseren Büchern, Spielen, Experimentierkästen, Aktivitäten, Autorinnen und Autoren findest du unter **kosmos.de**

Weitere Bände dieser Reihe siehe Seite 160

MIX
Papier | Fördert gute Waldnutzung
FSC® C083411

Gedruckt auf Cradle to Cradle Certified™ Munken Papier

ISBN 978-3-440-17593-4
Redaktion: Nadja Fendrich, Jana Vorderwülbecke
Lektorat: Claudia Müller
Produktion: DOPPELPUNKT, Stuttgart
Druck und Bindung: CPI books GmbH, Leck
Printed in Germany / Imprimé en Allemagne

Die drei !!!

Alpaka-Alarm

Gluck

»Vielen Dank, dass ihr so schnell kommen konntet!«, rief Oma Agnes und lächelte erleichtert.

Marie gab ihr ein Küsschen auf die Wange und umarmte sie fest. »Das ist doch selbstverständlich. Wir übernehmen gerne den Fall der Morsecode-Armbänder!«

Kim und Franzi nickten.

Gespannt folgte Marie ihrer Oma in die gemütliche Wohnküche des Bauernhäuschens, das sie mit Opa Herbert bewohnte. Auf dem Tisch in der Sitzecke lagen mehrere flauschige Wollknäuel, ein paar Scheren und jede Menge bunte geknüpfte Armbänder.

»Da sind sie ja!« Marie setzte sich auf die Eckbank und nahm eins der Bändchen in die Hand. Es fühlte sich herrlich weich an. In die Wollfäden war ein Muster aus zwei verschiedenen Knotenarten geknüpft. Sie stellten offensichtlich die Punkte und Striche dar, mit denen im Morsealphabet die Buchstaben verschlüsselt wurden.

Kim setzte sich neben sie und griff ebenfalls nach einem der

Bändchen. »Armbänder mit geheimer Botschaft, das ist eine super Idee.«
»Allerdings!« Marie war richtig stolz auf ihre Oma. Vor einiger Zeit hatte sie ihr Hobby zum Geschäft gemacht und betrieb nun eine erfolgreiche Strick- und Makramee-Werkstatt. Sie gab Handarbeitskurse und fertigte Mützen, Schals und verschiedene Knüpfprodukte an, mit denen sie mehrere Läden vor Ort belieferte. Die Armbändchen aus Alpaka-Wolle waren ihr neuester Coup.
Oma Agnes seufzte. »Wie ich dir am Telefon erzählt habe, ist mir leider ein kleiner Fehler unterlaufen. Ich habe ihn vorhin erst bemerkt. In knapp zwei Stunden kommt Tanja Stetter vom Hofgut *Alpaka-Glücksweiden* hier vorbei, um die Bändchen abzuholen. Ich würde ihr so gerne die bestellten fünfzig Stück pünktlich liefern. Morgen ist Samstag, da kommen etliche Kunden in den Laden.« Sie stupste mit dem Finger in die Bändchen hinein. »Aber diese Ware hier kann ich unmöglich an Tanja abgeben.«
Franzi sah sich das geknüpfte Muster genauer an. »Zwei Kreuzknoten und ein normaler«, murmelte sie. »Das entspricht wohl zwei Strichen und einem Punkt. Beim Morsen ist das der Code für den Buchstaben G.«
»Danach kommt ein L«, ergänzte Kim.
Marie entzifferte die drei darauffolgenden Buchstaben und war für einen Moment verwirrt.
»Gluck?«, sagte sie schließlich.
»Gluck«, bestätigte Oma Agnes. »Ich sagte ja, dass ich einen

Fehler gemacht habe. Es sollte natürlich *Glück* heißen. Ich habe mich beim Heraussuchen der Buchstaben in der Morsetabelle geirrt.«

Marie musste kichern. Der Code für das Ü bestand aus zwei Punkten und zwei Strichen. Bei der Knotenkombination in Oma Agnes' Armbändern fehlte aber ein Strich. Und zwei Punkte und ein Strich ergaben einen anderen Buchstaben, nämlich das U. So schnell konnte aus Glück ein Gluck werden. Und das fünfzig Mal.

Franzi setzte sich neben Marie an den Tisch und blickte zuversichtlich in die Runde. »Zusammen schaffen wir es locker, in zwei Stunden neue Bändchen zu knüpfen.«

»Auf euch ist einfach Verlass.« Oma Agnes nickte den Mädchen dankbar zu. »Mögt ihr frisch gekelterten Apfelsaft? Und dann zeige ich euch, wie die Knoten geknüpft werden.«

»Das klingt sehr gut!«, sagte Marie. Sie holte vier Gläser aus der Anrichte und stellte sie auf den Tisch.

Oma Agnes schenkte aus einer großen bauchigen Flasche ein.

»Superlecker«, stellte Kim nach dem ersten Schluck fest. »Dann legen wir mal los.«

Bereits eineinhalb Stunden später lag eine ansehnliche Anzahl neu geknüpfter Bändchen auf dem Tisch.

Oma Agnes zählte. »Vierundfünfzig!«, rief sie schließlich. »Das ist großartig.«

Marie lehnte sich zufrieden zurück. Sie hatten konzentriert gearbeitet und wenig geredet. Nur das gleichmäßige Ticken der

alten Standuhr und der Gesang der Amseln im Garten war zu hören gewesen. Marie verspürte eine angenehme Ruhe in sich. Dieser Knüpf-Einsatz hatte mindestens so gutgetan wie eine ausgedehnte Yoga-Einheit.
»Ihr habt mir wirklich sehr geholfen, vielen Dank«, sagte Oma Agnes. »Sollen wir uns mit ein paar Schoko-Muffins stärken? Herbert hat sie heute Morgen frisch gebacken. Etwas Süßes darf es ja zwischendurch mal sein.«
»Au ja!«, riefen Marie, Kim und Franzi wie aus einem Mund.
»*Alpaka-Glücksweiden*, ist das eigentlich diese Farm auf dem alten Weingut am Stadtrand?«, wollte Kim wissen, während Oma Agnes eine große Blechdose aus dem Küchenschrank nahm.
»Richtig. Warst du schon mal da?«
»Nein. Aber meine Brüder haben neulich einen Schulausflug dorthin gemacht. Sie waren ganz hin und weg von den Alpakas.« Kim lächelte. »Das sind wirklich niedliche Tiere. Jedenfalls sahen sie auf den Fotos, die Ben und Lukas gemacht haben, extrem kuschelig aus.«
Franzi grinste. »Außerdem sind Alpakas intelligent und haben ihren eigenen Kopf. Das finde ich sehr sympathisch.«
»Sie spucken, wenn ihnen etwas nicht passt, oder?«, fragte Marie.
Franzi schüttelte den Kopf. »So etwas passiert eigentlich nur innerhalb der Herde, wenn die Tiere zum Beispiel mal ums Futter streiten. Wenn ein Mensch dazwischensteht, kann er natürlich etwas abbekommen. Aber eigentlich vermeiden es Alpakas,

zu oft zu spucken. Danach haben sie nämlich für einige Zeit eine unangenehme Maulsperre.«

»Was du alles weißt!«, stellte Oma Agnes beeindruckt fest.

»Ich bin eben ein riesiger Tier-Fan«, sagte Franzi und sah ganz glücklich aus.

Marie lächelte. In diesem Moment hätte sie darauf wetten können, dass ihre Freundin an ihr geliebtes Pony Tinka dachte oder an ihr zahmes Huhn Polly oder an Matilda, die ausgewilderte kleine Eule, die immer wieder für einen kurzen Besuch auf den Hof der Familie Winkler zurückkam.

Oma Agnes nickte Franzi zu. »Tanja freut sich bestimmt, wenn du mal auf der Alpaka-Farm vorbeischaust. Ich glaube, sie bietet auch Wanderungen mit den Tieren an.«

»Das klingt super«, antwortete Franzi mit leuchtenden Augen.

»Bei einer Alpaka-Wanderung wäre ich glatt dabei«, sagte Kim unternehmungslustig.

Marie grinste. »Wenn die kleinen Kuschelmonster sich wirklich nur untereinander anspucken, komme ich auch mit.«

Leises Telefonklingeln ertönte.

Oma Agnes lief zur Anrichte. Irritiert sah sie auf die blank polierte Marmorplatte. »Hier lege ich es immer hin.« Sie blickte sich hektisch um. »Wo ist mein Handy?«

Marie spitzte die Ohren und versuchte die Richtung auszumachen, aus der das Klingeln kam. Sie sah zur Tür, neben der ein Korb mit Wäsche stand.

Kim war schon aufgesprungen und lief darauf zu. Sie lüpfte das oberste Handtuch und lachte. »Hier ist es!«

»Ich Schussel!«, schimpfte Oma Agnes mit sich selbst, während ihr Kim das Handy gab. »Danke dir!« Sie sah aufs Display und nahm das Gespräch an. »Hallo, Tanja!«
Für einen Moment lauschte Oma Agnes. Ihr Gesicht nahm einen sorgenvollen Zug an. »Wie bitte?«, rief sie schließlich. »Das ist ja ärgerlich. Ist denn etwas gestohlen worden?«
Marie sah ihre Freundinnen alarmiert an.
Oma Agnes lauschte erneut. Dann räusperte sie sich. »Das klingt wirklich nach Stress. Weißt du was, du bleibst einfach auf der Farm, und ich bringe dir die Armbänder vorbei.« Sie nickte. »Doch, das mache ich gerne. Bis später!«
Marie spürte, wie ihr Herz schneller zu schlagen begann.
Kaum hatte ihre Oma das Gespräch beendet, fragte sie aufgeregt: »Ist auf der Alpaka-Farm eingebrochen worden?«
Oma Agnes schüttelte den Kopf. »Nicht direkt. Aber es gab einen Zwischenfall. Letzte Nacht hat sich eine fremde Person beim Stall der Alpakas herumgetrieben. Ein Mitbewohner der Farm hat sie entdeckt und zur Rede gestellt. Dann kam es zu einem Gerangel, bei dem er sich verletzt hat. Der Eindringling konnte flüchten.« Maries Oma seufzte. »Der Vorfall hat die Alpakas nervös gemacht. Und der Mitbewohner hat wahrscheinlich eine Gehirnerschütterung erlitten. Es ging ihm im Lauf des Tages immer schlechter. Tanjas Mann, Christian, fährt ihn gerade zum Arzt.«
Oma Agnes verteilte die Muffins auf einer Kuchenplatte und holte Teller und Servietten aus dem Küchenschrank. »Tanja hat letzte Nacht wenig Schlaf gekriegt. Und vor drei Wochen

ist auch noch ihre Tante verstorben und sie muss sich um das Testament kümmern. Das alles, zusätzlich zu der Arbeit auf der Farm, ist sehr belastend. Ich bringe Tanja nachher die Armbänder vorbei. Dann kann sie sich jetzt wenigstens mal kurz hinlegen.«

Oma Agnes stellte Geschirr und das Gebäck auf den Tisch. »Aber jetzt lassen wir es uns erst mal schmecken.«

Die Muffins sahen sehr lecker aus. Dennoch war Marie mit ihren Gedanken ganz woanders. Sie spürte, wie das Kribbeln in ihrem Bauch immer stärker wurde, und sie tauschte einen vielsagenden Blick mit ihren Freundinnen.

»Hat Tanja denn einen Verdacht, wer das bei den Alpakas war?«, fragte sie.

Oma Agnes zuckte mit den Schultern. »Sie nimmt an, dass es eine Mutprobe von ein paar Jugendlichen war.«

Marie biss sich auf die Lippe. »Wer weiß«, murmelte sie. »Ich habe jedenfalls das Gefühl …«

»… dass wir uns vor Ort mal umsehen sollten«, vollendete Franzi ihren Satz.

Kim nickte. »Genau das!«

»Omi, wir begleiten dich zur Alpaka-Farm«, sagte Marie bestimmt.

Oma Agnes seufzte. »Wie konnte ich das vergessen. Hier sitzen drei Detektivinnen. Gegen diese geballte Kraft komme ich nicht an.« Sie zwinkerte. »Aber es gibt eine Bedingung.«

»Ja?«

»Ihr probiert vorher noch von den feinen Muffins!«

Marie grinste. »Sehr gerne!« Schnell griff sie zu.
Auch Kim und Franzi zögerten nicht lange.
In Windeseile war die Platte leer gefegt.
»Das war köstlich«, stellte Kim fest und leckte sich einen Krümel aus dem Mundwinkel. »Vielen Dank und ein Hoch auf Opa Herberts Backkünste!«
»Und jetzt nichts wie los!«, rief Marie. Sie nahm die Apfelsaftflasche und trug sie zum Kühlschrank.
Kim und Franzi stellten Gläser und Teller in die Spüle.
Aus dem Augenwinkel sah Marie, wie ihre Oma zum Schlüsselbrett neben der Tür blickte, den Kopf schüttelte, und dann begann, die Taschen ihrer Hose und ihrer Strickjacke abzutasten. Marie wollte gerade die Tür des Kühlschranks wieder schließen, da blieb ihr Blick am Gemüsefach hängen. Sie kicherte. »Omi, falls du deinen Fahrradschlüssel suchst, der liegt auf dem Kopfsalat.«
Oma Agnes sah für einen Moment betroffen aus, dann aber musste auch sie lachen. »Meine Güte, was bin ich für ein Riesenschussel. Ich glaube, ich werde alt.«
»Ach was.« Marie klopfte ihr sanft auf die Schulter und drückte ihr den Schlüssel in die Hand. »Du hast einfach zu viel um die Ohren. Opa und du, ihr müsst endlich mal wieder Urlaub machen.«
Oma Agnes seufzte. »Da hast du wahrscheinlich recht.« Sie schlug die Armbänder in Seidenpapier ein und verstaute das knisternde Päckchen in ihrem Rucksack. »Aber jetzt geht's erst mal zur Alpaka-Farm.«

Möhp

Zwanzig Minuten später hatten sie die Weinberge am Stadtrand erreicht. Die Sonne stand schon ziemlich tief und die Weinstöcke mit den prallen Trauben daran warfen lange Schatten auf den Weg, der sich in sanften Kurven den Hügel hinaufschlängelte.

Oma Agnes fuhr flott auf ihrem E-Bike voran.

Kim wischte sich den Schweiß von der Stirn. »Ist das anstrengend! Ich glaube, ich wünsche mir zu Weihnachten auch so ein Elektrodings.«

»Also für mich wäre das nichts.« Franzi trat eifrig in die Pedale. »Ich muss spüren, wie ich durch die Kraft meiner Muskeln vorwärtskomme. Ich muss mich verausgaben. An meine Grenzen gehen. Dann bin ich glücklich.«

»Mit weniger Quatschen geht's noch besser!«, rief Marie und zog grinsend an ihren Freundinnen vorbei.

Hinter der nächsten Biegung kam das alte Winzergut in Sicht. Es schmiegte sich auf halber Höhe des Weinbergs in eine Senke und war von weitläufigem Weideland umgeben.

Vor dem unteren Weideabschnitt befand sich ein kleiner Parkplatz, auf dem ein betagter Pick-up und ein weißer, ebenfalls älterer Kombi geparkt waren. Neben dem Parkplatz gab es eine überdachte Abstellmöglichkeit für Fahrräder. Ein altes Backsteinhaus mit einem Garten voller blühender Rosenbüsche grenzte daran an.

Marie hielt neben Oma Agnes, die das E-Bike gerade abgeschlossen hatte. Ihre Oma deutete zu einem bunt bemalten Holzschild, das den Weg zur Alpakafarm wies. »Den Rest müssen wir zu Fuß gehen. Ein Feldweg führt außen an der Weide entlang zum Hof.«

Franzi und Kim stoppten ihre Räder mit quietschenden Reifen. Während Kim die Fahrräder zusammenschloss, sah Franzi über die Wiese. »Wo sind denn die Alpakas?«, fragte sie verwundert.

»Wahrscheinlich auf der Weide hinter dem Gehöft.« Kim reckte den Hals. »Oder im Stall?«

»Tagsüber? Das glaube ich nicht«, entgegnete Franzi. »Das wäre keine artgerechte Haltung. Alpakas brauchen ganz viel Auslauf, die kommen ursprünglich aus dem Gebirge in Südamerika.«

»Vielleicht wurden sie wegen letzter Nacht zur Sicherheit dringelassen«, gab Marie zu bedenken.

»Hm, das könnte sein.« Franzi steuerte auf den Weg rechts neben der Weide zu. Oma Agnes und Kim folgten ihr.

»Wartet!«, rief Marie. Sie hatte einen Trampelpfad entdeckt, der zwischen dem Weidezaun und dem Zaun des Rosengartens

verlief. Er führte mit einer leichten Steigung schnurgerade zum Winzergut. »Hier gibt es eine Abkürzung.«
»Ich weiß nicht, da hängt ein Schild«, warf Kim ein. »Womöglich ist der Durchgang verboten.«
Marie kümmerte sich nicht um die Warnung und bog vorsichtig einen der überhängenden Rosenzweige zur Seite.
»Stopp!«, erklang plötzlich eine laute Stimme.
Erschrocken ließ Marie den Zweig los. Er schnellte zurück und ein Schwall von Rosenblütenblättern ergoss sich raschelnd über sie.
Hinter dem Busch tauchte ein weißhaariger Mann auf. Sein sonnengegerbtes Gesicht sah verärgert drein. »Kannst du nicht lesen?«, rief er Marie über den Zaun zu. »Das ist ein Privatweg. Hier wird nicht einfach an meinen Rosen vorbeigetrampelt!«
Marie pustete sich ein Blütenblatt von der Nase und hob entschuldigend die Hände. »Es tut mir leid, ich …«
»Es ist wirklich schlimm mit euch Farmbesuchern«, unterbrach der Mann sie. »Mit den Alpakas kuscheln, aber Schneisen der Verwüstung in die Natur schlagen.« Der Mann schnaubte. »Erkennst du die Schönheit dieser Rosen nicht? Das ist meine *Gloria Mia*. Eine wunderbare Sorte. Ein Traum, oder nicht?«
Marie klaubte sich Blütenblätter aus dem Haar und betrachtete sie. »Das zarte Gelb ist wirklich schön.« Sie schnupperte in die Luft. »Und es duftet gut!«
Der Mann nickte. »Na also. Freut mich. Ich wünsche einen schönen Tag!«

Marie war irritiert, aber sie lächelte den Mann freundlich an. »Wir gehen dann mal außenrum.«
Der Mann nickte knapp und zog sich zurück.
Marie zuckte mit den Schultern. »Lasst uns den Feldweg nehmen.«
Auf halber Strecke blieb Kim plötzlich stehen. »Hört ihr das?«
Marie lauschte. Im nächsten Moment nahm sie es auch wahr: Ein leises melodisches Summen drang zu ihnen, dazwischen erklangen dumpfe Laute, die an ein Hupen erinnerten. Sie kamen aus der Richtung des alten Weinguts.
»Was ist da los?«, fragte Franzi erstaunt.
Oma Agnes lächelte. »Das könnten die Alpakas sein. Tanja hat mir erzählt, dass sie Töne von sich geben, die zum Teil recht eigenartig klingen.«
»Interessant, das habe ich noch nicht gewusst.« Franzi war sichtlich beeindruckt.
Sie beschleunigten ihre Schritte und hatten die Farm in wenigen Minuten erreicht.
Marie stellte erstaunt fest, dass das Summen und die Hupgeräusche nun nicht mehr zu hören waren. Bis auf das Plätschern eines kleinen Brunnens herrschte Stille.
Sie sah sich um.
Der Hof bestand aus einem zweistöckigen Haupthaus mit einem mächtigen Walmdach und einem großen Wintergarten, einem kleinen Nebenhaus mit Anbau sowie einem lang gestreckten Holzbau, dessen Fenster offen standen.
Kim zeigte auf den Holzbau. »Das muss der Stall sein.«

Franzi lief hin und sah zu einem der Fenster hinein.
Im nächsten Moment ertönte ein schriller Schrei.
Franzi schrie ebenfalls auf, wich zurück, stolperte und fand nur mit Mühe das Gleichgewicht wieder.
Maries Herz schlug wie wild. »Was ist passiert?«, rief sie und rannte zu Franzi. Oma Agnes und Kim folgten ihr.
Franzi stützte die Hände in die Seiten und atmete tief durch. »Hab ich mich erschreckt!«
»Und ich erst!« Ein Mädchen mit langen braunen Haaren sah zum Stallfenster heraus. Es war ungefähr sechzehn Jahre alt und blinzelte Franzi verwirrt an.
»Ich wollte nachschauen, ob die Alpakas hier drin sind«, erklärte Franzi. »Und dann taucht aus dem Nichts eine Gestalt vor mir auf und schreit!«
Das Mädchen lachte trocken. »Ich hatte gerade frisches Stroh ausgebracht, richte mich auf, und dann stand da plötzlich ein Riesenschatten vor mir.«
»Das war optimales Schreckens-Timing«, sagte Franzi. »Tut mir leid.«
»Ist schon gut.« Das Mädchen strich sich eine Haarsträhne hinter das Ohr. »Ich war einfach zu schreckhaft. Wir hatten letzte Nacht einen ungebetenen Gast hier auf der Farm.«
Franzi nickte. »Das wissen wir.«
»Echt?« Das Mädchen sah fragend in die Runde. »Woher denn?«
Oma Agnes räusperte sich. »Tanja hat es mir erzählt. Wir haben vorhin wegen der Morsecode-Bändchen telefoniert.«

»Ach so!« Das Mädchen verschwand vom Fenster und tauchte kurze Zeit später an der Seite des Stalls auf. »Dann sind Sie Agnes von der Strickwerkstatt. Ihre Schals und die Armbändchen sind mega! Ich bin übrigens Hanna. Tanja ist meine Mutter.«

Oma Agnes lächelte. »Danke, und schön, dich kennenzulernen. Das sind meine Enkelin Marie und ihre beiden besten Freundinnen Kim und Franzi.«

»Freut mich!«, sagte Hanna. »Und ihr wollt unsere Alpakas besuchen? Dann kommt einfach mit. Die Jungs und Mädels sind gerade beim Heufuttern. Zum Glück haben sie die Aufregung von letzter Nacht schon wieder vergessen.« Hanna lief zur Seite des Stallgebäudes zurück.

Oma Agnes winkte. »Entschuldige, ich würde Tanja gerne schnell die Ware bringen. Wo finde ich sie denn?«

Hanna wandte sich kurz um. »Sie ist im Hofladen, hier im Nebenhaus, gleich schräg gegenüber.«

»Prima, danke dir!«

Marie winkte ihrer Oma, die auf den Eingang zulief, über dem ein buntes Schild mit der Aufschrift *Alpaka-Glücksladen* angebracht war. »Wir kommen dann nach!«

Hanna war schon wieder hinter dem Stall verschwunden.

»Okay, erst Alpakas gucken, dann Detektivarbeit«, beschloss Franzi.

Marie und Kim nickten.

Franzi lugte als Erste hinter das Stallgebäude.

»Sind die süß!«, sagte sie leise.

Marie sah Franzi neugierig über die Schulter.
Eine Schar eifrig futternder Alpakas hatte sich auf zwei durch ein Gatter getrennte Flächen verteilt. Hingebungsvoll rupften sie das Heu aus großen Netzballen. Die spitzen Ohren zuckten und die flaumigen Nüstern wackelten, während die Tiere genussvoll ihr Futter zermalmten. Einige hatten jede Menge Halme im Fell und schüttelten sich zwischendurch, sodass das Heu nur so durch die Gegend prasselte.
Marie staunte, wie viele unterschiedliche Fellfarben es gab. Sie reichten von fast reinem Weiß über Beige- und Karamelltöne, Silbergrau und Schokobraun bis hin zu einem glänzenden Tiefschwarz.
Hanna lehnte am Weidegatter. Neben ihr stand ein ungefähr gleichaltriger Junge mit halblangen dunklen Haaren. Die beiden winkten.
»Das ist Simon«, sagte Hanna, als die Mädchen bei ihnen angelangt waren. »Er ist der beste Alpaka-Flüsterer, den ihr euch vorstellen könnt. Und das sind Marie, Kim und Franzi.«
Simon begrüßte sie lächelnd. »Hanna übertreibt. Mir macht es einfach großen Spaß, hier auf der Farm mitzuhelfen. Ich finde, dass Alpakas total faszinierende Tiere sind. Später möchte ich selber eine Herde und eine Farm haben. Aber zuerst muss ich die Schule fertig machen.«
Hanna seufzte. »Du musst nur noch deine Eltern davon überzeugen, dass du nicht den Bauernhof übernimmst.«
»Stimmt, das werde ich ihnen beizeiten sagen. Erst mal bin ich froh, dass meine Mutter erlaubt hat, dass ich nächste Woche auf

die Alpakas aufpasse, wenn deine Eltern bei der Auktion sind und du auf Klassenfahrt bist.«

»Du könntest deine Eltern fragen, ob du hier übernachten kannst«, schlug Hanna vor. »Es ist ja schon blöd, wenn du drei Mal am Tag hierherfahren musst.«

»Das erlaubt mein Vater nicht, der Sturkopf.« Simon pustete sich eine Haarsträhne aus der Stirn. »Aber es ist kein großes Problem. Mit dem Rad brauche ich keine zehn Minuten.«

Im nächsten Moment brummte das Handy in seiner Jackentasche. Er zog es hervor und runzelte die Stirn. »Na, das passt ja. Mein Vater. Ich soll sofort nach Hause kommen. Ich hab vergessen, dass ich bei der Kartoffelernte helfen sollte. Ich muss los. Sonst gibt's richtig Ärger.« Simon stieß sich vom Weidezaun ab. »Tut mir leid. Ich ruf dich nachher an, okay?«

»Alles klar.« Hanna gab ihrem Freund einen Kuss. »Bis später dann!«

Simon wünschte Marie, Kim und Franzi viel Spaß und eilte davon.

Hanna sah ihm nachdenklich hinterher. Sie zog sich am Weidegatter hoch und ließ die Beine baumeln. »Ich wünsche Simon so sehr, dass er endlich mit seinem Vater klarkommt. Die müssen endlich miteinander reden.« Dann blickte sie zu den Alpakas, die immer noch genüsslich mit dem Heu beschäftigt waren. »Soll ich sie euch gleich mal vorstellen?«

»Unbedingt«, sagte Franzi und zog sich neben Hanna auf das Gatter. »Warum sind sie eigentlich in zwei Gruppen aufgeteilt? Auch im Offenstall ist eine Abtrennung.«

Erst jetzt bemerkte Marie, dass sie von dieser Seite aus direkt in den Stall blicken konnte. Eine Bretterwand teilte das Holzgebäude in zwei Bereiche. Der Boden war mit einer dicken Schicht Stroh ausgelegt, an den Wänden zogen sich sauber geputzte Futtertröge und Tränkbecken entlang.

»Wir halten weibliche und männliche Tiere getrennt«, sagte Hanna. »Das ist für alle entspannter. Nur wenn gezüchtet werden soll und wir neue *Crias* haben wollen, kommen sie zusammen.« Hanna bemerkte die irritierten Blicke der Mädchen. »So werden die Fohlen von Alpakas in der Fachsprache der Züchter genannt. *Cria* ist spanisch und bedeutet *Jungtier.*« Sie wies zur rechten Seite des Futterplatzes. »Hier haben wir die Mädelsecke. Von rechts nach links seht ihr: Blanca, Siri, Miss Marple, Donna, Pünktchen und Karamella.« Hanna lächelte versonnen. »Pünktchen ist die Chefin bei den Stuten. Zu ihr gehört Pepe, er ist vor zwei Wochen geboren und noch recht zierlich. Wenn er dicht bei seiner Mutter steht, entdeckt man ihn kaum.«

Marie blickte zu dem Alpaka mit den langen schwarzen Felllocken und einem weißen Fleck auf der Stirn. Pünktchen stöberte in einem kleinen Haufen Heu, der auf den Boden gefallen war. Erst bei genauem Hingucken sah Marie das kleine tiefschwarze Alpakafohlen. Es lugte zwischen dem Fell am Bauch der Mutter hindurch. Nur der kleine weiße Fleck auf seiner Stirn und die glänzenden Knopfaugen leuchteten.

»Der Kleine guckt schon mal, wie Heufressen geht«, stellte Franzi fest.

»Genau, er probiert es aus. Aber hauptsächlich trinkt er natürlich Muttermilch.« Hanna deutete zur linken Seite. »Dann kommen wir mal zu den großen Jungs!« Erneut zeigte sie von einem Tier zum nächsten: »Hier haben wir Leithengst Don Alfonso, dann kommen Espresso, Balu, Tim und Tom.«
»Sind Tim und Tom Zwillinge?«, wollte Kim wissen. »Sie haben beide hellbraunes Fell und weiße Flecken am Kopf.«
»Nein, Zwillinge gibt es bei Alpakas so gut wie nie. Aber du bist schon nahe dran: Die beiden sind Brüder. Sie sind knapp zwei Jahre auseinander.« Hanna kicherte. »Die beiden sind unzertrennlich und machen dauernd Blödsinn.«
Kim lachte. »Das kenne ich von meinen Brüdern, die sind allerdings wirklich Zwillinge.«
»Und warum ist das Fell von Pünktchen, Blanca und Espresso so lang und gelockt und das von allen anderen so wuschelig?«, fragte Franzi. »Habt ihr die drei nicht geschoren?«
Hanna schüttelte den Kopf. »Das sind zwei verschiedene Rassen. Pünktchen, Blanca und Espresso gehören zu den *Suri*. Von ihnen gibt es nicht so viele. Die anderen sind *Huacayas*. «
Plötzlich fasste Kim nach Maries Arm. »Guckt mal, ich glaube, Blanca hat keine Lust mehr auf Heu.«
Das Alpaka mit dem weißen Lockenfell hatte sich vom Futternetz entfernt und in die Richtung der Mädchen bewegt. Aus goldbraunen Kulleraugen sah es sie neugierig an. Dabei hingen ihm mehrere lange Halme und ein dünnes Ästchen aus der Schnauze. Sie steckten in der Lücke zwischen zwei Vorderzähnen fest. Das Alpaka kam ein Stück näher.

»Hast du schöne Augen«, flüsterte Marie. Sie hatte das Gefühl, von Blancas Blick bis tief ins Innere berührt zu werden.
Franzi lachte leise. »Hier haben gerade die beiden Mädels mit den längsten Wimpern der Welt zusammengefunden.«
»Sehr witzig.« Marie stieß Franzi leicht in die Seite, ohne das Alpaka aus den Augen zu lassen.
Blanca spitzte die Ohren und wackelte mit dem Kopf, ein paar Locken fielen ihr vorwitzig in die Stirn.
»Hey, du hast da was zwischen den Zähnen«, sagte Marie.
Blanca kam noch näher an sie heran und machte den Hals lang.
»Ich glaube, sie will, dass ich ihr helfe.« Marie streckte die Hand aus. Blanca hielt ganz still.
Vorsichtig zog Marie an dem festsitzenden Ästchen, bis es zusammen mit den Halmen aus der Zahnlücke rutschte.
Das Alpaka gab einen leisen Laut von sich und stupste Maries Hand an. Seine Schnauze fühlte sich samtig und warm an. Dann drehte sich Blanca langsam weg und lief zum Futternetz zurück.
Hanna blieb der Mund offen stehen. Als sie sich wieder gefasst hatte, sagte sie: »Die meisten Alpakas mögen es nicht, wenn man sie am Kopf berührt. Und Blanca ist ziemlich schüchtern. Sie lässt sonst nur Simon und mich näher heran.«
Franzi grinste. »Eigentlich bin ja ich für die tierischen Einsätze zuständig. Aber ich muss sagen, Marie, das war toll! Du hast nicht gezögert, warst ruhig und konzentriert. Perfekt!«
»Und dabei hattest du vorhin noch Angst vor spuckenden Alpakas.« Kim warf Marie einen beeindruckten Blick zu.

»Daran habe ich überhaupt nicht mehr gedacht«, murmelte Marie. Sie war von sich selbst überrascht. Blanca musste sie definitiv verzaubert haben.

»Ah, ihr seid immer noch hier«, unterbrach eine Stimme Maries Gedanken. Oma Agnes lugte um die Ecke. »Habt ihr Detektivinnen denn schon etwas herausgefunden?«

Marie schüttelte den Kopf. »Die Alpakas haben uns abgelenkt!«

Hanna blickte erstaunt von einem Mädchen zum anderen. »Detektivinnen«, wiederholte sie. Plötzlich schnippte sie mit den Fingern. »Marie. Kim. Franzi. Wieso habe ich das nicht sofort kapiert? Ihr …«

»Entschuldigt bitte«, unterbrach Oma Agnes. »Es tut mir leid, aber ich muss dringend nach Hause. Ich habe völlig verschwitzt, dass wir heute Abend Besuch kommen. Herbert hat mich eben daran erinnert.« Sie winkte den Mädchen. »Tausend Dank noch mal für eure Hilfe. Und seid vorsichtig! Fahrt bald nach Hause, versprecht mir das.«

»Ja, mach dir keine Sorgen, Omi!«, rief ihr Marie hinterher.

»Ihr seid total bekannt«, platzte Hanna heraus. »Ich habe letzte Woche einen Podcast mit einem Interview mit euch gehört.« Hanna schlug sich mit der flachen Hand vor die Stirn. »Dass ich nicht gleich drauf gekommen bin: Ihr seid *Die drei !!!*!«

Marie lächelte. »So ist es.«

Sie wechselte einen kurzen Blick mit Kim und Franzi. Ihre Freundinnen nickten. Wie so oft verstanden sich die Detektivinnen ohne viele Worte.

Marie zog eine Visitenkarte aus ihrer Umhängetasche und reichte sie Hanna. »Und das ist unsere Karte.«

Hanna überflog den kurzen Text und sah die Mädchen beeindruckt an. »Voll professionell!«
»Wir haben vor einigen Wochen unseren hundertsten Fall gelöst«, sagte Marie stolz.
»Wahnsinn!«, rief Hanna.
»Und dieser Fall hatte es echt in sich.« Franzi atmete tief durch. »Der Hof meiner Familie war in Gefahr!«
Hanna ließ die Visitenkarte in ihre Hemdtasche gleiten. »Das muss absolut nervenaufreibend gewesen sein.«
Franzi runzelte die Stirn. »Zwischendurch habe ich wirklich befürchtet, dass alles verloren ist.«
Hanna sah Franzi ernst an. »Alleine beim Gedanken daran wird mir eiskalt.« Sie zog die Schultern hoch, und Marie sah, dass sich die Härchen an ihren Unterarmen aufgestellt hatten.
»Es ist also kein Zufall, dass ihr hier seid.« Hanna kletterte

vom Weidezaun. »Meine Mutter meint, dass das in der letzten Nacht eine Mutprobe von Jugendlichen war und dass der Typ bestimmt nicht noch mal kommt, weil Oliver ihn verjagt hat. Aber was ist, wenn etwas anderes dahintersteckt?« Sie zupfte nervös an ihrer Lippe. »Denkt ihr, dass unsere Alpaka-Farm in Gefahr ist?«

Kim hob beschwichtigend die Hände. »Man muss nicht immer gleich an das Schlimmste denken. Es kann gut sein, dass deine Mutter recht hat. Aber der Sache nachgehen sollte man schon.«

Hanna nickte. »Und was habt ihr nun vor?«

Kim räusperte sich. »Am besten wäre es, wenn wir mit eurem Mitarbeiter sprechen könnten. Er hatte direkt mit dem Eindringling zu tun und erinnert sich vielleicht an wichtige Details.«

»Oliver wird gerade im Krankenhaus untersucht.« Hanna seufzte. »Mein Vater hat vorhin angerufen. Der Arzt, bei dem sie waren, hat sie zur Sicherheit dorthin geschickt. Ich hoffe, alles ist gut und Oliver kommt bald nach Hause.«

Marie biss sich auf die Lippe. »Das hoffe ich auch! Was hat er euch denn erzählt? Konnte er den Täter beschreiben?«

Hanna zupfte sich ein paar Halme von ihrem Hemd. »Ich habe den Vorfall gestern Nacht verschlafen, echt peinlich. Meine Eltern haben mir erst beim Frühstück davon berichtet. Sie meinten, dass Oliver von Geräuschen geweckt worden ist. Er hat dann, vom Fenster aus, eine Gestalt am Stall der Alpakas entdeckt.« Hanna deutete zum Haupthaus. »Oliver lebt mit seiner Freundin Juliane in der Wohnung unterm Dach. Er ist sofort die Treppe runter und hat den Typen angesprochen. Der stand vor einem der Stallfenster, drüben auf der anderen Seite. Als er flüchten wollte, hat Oliver ihn zuerst festhalten können, ist dann aber gestolpert und hat sich am Kopf gestoßen. Er war kurz benommen, ist fast in den kleinen Brunnen gefallen, und als er sich wieder aufgerappelt hatte, konnte er nur noch zusehen, wie die Gestalt geflüchtet ist. Er hat um Hilfe gerufen und meine Eltern haben ihn dann gefunden. Der Typ war natürlich schon längst über alle Berge. Oliver sagte wohl, dass es ein jüngerer Mann war, groß, sportlich. Er trug einen dunklen Pulli mit Kapuze, die er ins Gesicht gezogen hatte. Mehr weiß ich nicht.«

»Das ist doch eine ganze Menge«, sagte Kim. »Bis wir mit Oliver sprechen können, schlage ich vor, dass wir beim Stall auf der Fensterseite nach Spuren suchen.«

Plötzlich setzte ein leises Summen ein, in das sich vereinzelte Huplaute mischten. Aus der Nähe klangen sie wie ein lang gezogenes *Möhp*.

Marie sah, dass die Alpakas sich von den Heunetzen abgewandt hatten und vom Futterplatz weg in Richtung der Weide stapften.

Hanna lächelte. »Jetzt geht's zum Verdauungsspaziergang. Mit den Lauten vergewissern sie sich, dass alle da sind.«

Marie blickte Blanca hinterher, die an letzter Stelle lief.

Im nächsten Moment blieb die Alpakastute stehen und wandte sich um. Eine leichte Brise wehte ihren Lockenschopf zur Seite. Blancas Kulleraugen schienen Marie direkt zu fixieren.

Eine wohlige Glückswelle rollte durch ihren Körper. »Mach's gut, Blanca!«, rief sie leise.
Ein sanftes *Möhp* war die Antwort. Dann setzte Blanca in großen Sprüngen den anderen Alpakastuten nach.

Einladung für Einbrecher

Plötzlich fühlte Marie eine warme Hand auf ihrer Schulter. Franzi stand neben ihr und lächelte sie an. »Du und Blanca, ihr hattet eben einen guten Draht zueinander.«
Marie nickte stumm. Es hatte gutgetan, das Vertrauen des Alpakas so deutlich zu spüren. »Ich kann jetzt noch besser verstehen, warum dir Tiere so viel bedeuten«, murmelte sie.
»Das freut mich«, sagte Franzi leise und drückte Marie kurz an sich.
Gemeinsam liefen sie zu Kim und Hanna, die bereits vor der Fensterseite des Stalls standen.
Kim machte ein unzufriedenes Gesicht. »Fußabdrücke sind auf dem Steinpflaster nicht zu finden«, stellte sie fest. »Aber vielleicht hat der Täter beim Kampf mit Oliver etwas verloren.« Sie begann mit zum Boden gerichteten Blick am Stall entlangzulaufen.
Hanna und Franzi fingen ebenfalls an zu suchen.
Marie wollte sich gerade zu ihnen gesellen, da hörte sie hinter sich eine Ladenglocke bimmeln. Sie drehte sich um und sah,

dass eine Frau aus dem Hofladen kam. Sie hielt einen Schlüsselbund in der Hand. Als sie die Mädchen am Stall bemerkte, zog sie verwundert die Augenbrauen hoch. »Was macht ihr denn da?«

Hanna hob den Kopf. »Hallo, Mama! Wir suchen nach Spuren.«

»Aha!« Hannas Mutter strich sich eine Strähne ihrer kurzen Haare aus der Stirn. »Agnes hat schon so etwas angedeutet.« Sie schloss ab und lief die wenigen Schritte zu den Mädchen rüber.

Hannas Mutter sah müde aus, aber als sie lächelte, begannen ihre Augen zu strahlen. »Wir haben also Besuch von den drei Detektivinnen. Hallo, Marie, Kim und Franzi!«

»Hallo, Frau Stetter«, sagte Kim. »Wir dachten, wir sehen uns nach dem Vorfall von letzter Nacht sicherheitshalber hier um.«

»Sagt doch einfach Tanja zu mir«, bat Hannas Mutter. »Und ja, macht das gerne. Auch wenn ich denke, dass das einfach eine dumme Mutprobe war. Oliver hat zum Glück schnell reagiert. Dieser Fremde wird wohl nicht noch mal versuchen, in den Stall zu kommen.« Sie seufzte. »Er kann Oliver dankbar sein. Wenn er hineingelangt wäre, hätte er wahrscheinlich eine unangenehme Erfahrung gemacht. Unsere Alpakas sind sanfte und einfühlsame Wesen. Aber sie mögen es nicht, wenn man sie in ihrer Ruhe stört. Don Alfonso hätte den Eindringling bestimmt mit Spucken und Treten vertrieben.«

Marie zuckte zusammen, da war es wieder, das unschöne Bild in ihrem Kopf von einem um sich spuckenden Alpaka. Schnell

stellte sie sich Blancas schöne Augen mit dem magischen Blick vor. Es war erstaunlich, wie schnell der andere Gedanke verdrängt war. Marie atmete erleichtert auf.
Dann bemerkte sie, dass Kim zum Hofladen starrte.
Maries Blick fiel auf das kleine Schaufenster. Darin waren Pullover, Schals und Mützen ausgestellt, die fantastisch weich und flauschig aussahen. In der Mitte der Auslage standen mehrere Körbe. Farblich sortierte Wollknäuel waren in ihnen zu großen Pyramiden aufgetürmt.
Marie wusste von ihrer Oma, dass Alpaka-Wolle und daraus gefertigte Strickware hochwertig war und einen entsprechenden Preis hatte. »Womöglich wollte der Mann gar nicht zu den Alpakas«, platzte sie heraus. »Sondern in den Hofladen einbrechen!«
»Das habe ich auch gerade überlegt«, sagte Kim. »Vielleicht wollte der Typ die teure Ware stehlen.«
Tanja sah überrascht aus. »Daran hatte ich gar nicht gedacht.«
Marie warf ihr einen vorwurfsvollen Blick zu. »An der Ladentür ist ein einfaches Bartschloss, das lässt sich in kürzester Zeit knacken. So etwas ist geradezu eine Einladung für Einbrecher.« Sie wies mit dem Kinn zu dem Anbau neben dem Hofladen. »Das Sicherheitsschloss der Tür dort ist viel besser. Das ist nicht so schnell aufzukriegen. So eines solltet ihr unbedingt auch beim Hofladen einbauen.«
»Das hat Tante Irene auch immer gesagt«, murmelte Tanja. Sie sah auf einmal traurig aus. »Ich werde mich demnächst darum kümmern«, murmelte sie schließlich.

Hanna strich ihrer Mutter sanft über den Rücken und blickte gedankenverloren zum Anbau rüber.
Marie fiel ein, was Oma Agnes vorhin erzählt hatte.
»Wir haben gehört, dass deine Tante vor Kurzem gestorben ist«, sagte sie leise. »Das tut mir leid.«
Tanja nickte. »Sie war 72. Ich hätte ihr noch sehr viele Jahre mehr gewünscht.«
»Großtante Irene hat sich als junge Frau mit einem Virus angesteckt«, erklärte Hanna. »Danach hat sie ein Leben lang mit Folgeerkrankungen zu tun gehabt. Vor einem Monat wurde es besonders schlimm. Und dann ist alles so schnell gegangen.«
Hanna wechselte einen traurigen Blick mit ihrer Mutter.
»In dem Gebäude neben dem Laden hatte sie ihr Büro«, erzählte Tanja. »Sie hat dort viel Zeit verbracht. In ihren Pausen ist sie immer zu den Alpakas auf die Weide gegangen. Irene hat die Tiere sehr gemocht.« Tanja seufzte. »Ich glaube, sie haben sie an ihre Zeit in den peruanischen Anden erinnert.«
Marie horchte auf. »Was hat deine Tante denn dort gemacht?«
Tanja setzte sich auf den Rand des kleinen Brunnens. »Sie ist Archäologin gewesen. In jüngeren Jahren hat sie Expeditionen und Ausgrabungen geleitet, vor allem in Südamerika. In Peru war sie sogar mehrere Jahre. Die Hochkultur der Inka war ihr Spezialgebiet.«
»Das ist ja spannend!«, stellte Kim fest.
»Nach ihrer Erkrankung konnte sie die anstrengenden Reisen und Ausgrabungsarbeiten nicht mehr bewältigen«, fuhr Tanja fort. »Sie hat hier in der Stadt eine Lehrtätigkeit an der Uni

angenommen und sich das alte Winzergut gekauft. Als sie im Ruhestand war, hat sie sich auf das Schreiben von Büchern konzentriert.«

»Das ist auch sehr spannend«, sagte Kim sofort.

Marie lächelte. Ihre Freundin war eine absolute Leseratte und schrieb selbst für ihr Leben gern. Zusammen mit ihrem Freund David hatte sie sogar schon einen Fantasykrimi in einem E-Book-Verlag veröffentlicht.

»Was für Bücher hat deine Tante denn geschrieben?«, wollte Kim wissen.

»Hauptsächlich Lehrwerke über Grabungstechniken und Konservierungsmethoden«, antwortete Tanja. »Vor etwa zwei Jahren hat Irene dann mit einer Autobiografie über ihre Jahre in Peru angefangen.«

»Deshalb hat sie Oliver als Assistenten eingestellt«, sagte Hanna. »Er hat ihr geholfen, die ganzen Aufzeichnungen, Dokumente und Fotos zu sortieren. Sie hatte viele Sachen angesammelt.«

»Allerdings.« Tanja schüttelte kurz den Kopf, als wolle sie einen unangenehmen Gedanken daraus vertreiben. »Tante Irene hat auch etliche Ausgrabungsgegenstände von ihren Expeditionen mitgebracht.« Sie knetete ihre Hände. »Es wird viel Arbeit machen, alles zu sichten und die Formalitäten zu erledigen.« Tanja sah bekümmert in die Runde. »Ich werde natürlich alles im Sinne von Irene regeln, egal, wie viel Arbeit es ist. Das bin ich ihr schuldig. Wir haben ihr so viel zu verdanken! Als ich ihr vor zehn Jahren von meinem Traum von einer Alpaka-Farm erzählte, hat sie mir sofort angeboten, mit meiner Familie hierherzuziehen. Wir durften mit unseren Tieren den Hof und die Weiden gegen eine äußerst geringe Pacht nutzen. Sie selbst hat den ersten Stock des Haupthaus bewohnt und den Anbau genutzt. Und nun hat Irene mir sogar das gesamte Weingut vermacht und obendrein eine größere Summe Geld hinterlassen. Das ist ein Segen! Wir werden unsere Herde vergrößern und die Farm ausbauen können.«

Hanna klopfte ihrer Mutter leicht auf die Schulter. »Wir schaffen das alles. Du hast doch schon einiges in die Wege geleitet.«

Marie räusperte sich. »In diesem Büro befinden sich also alte Gegenstände von Ausgrabungen in Peru?«, fragte sie.

Tanja nickte.

Bevor Marie weitersprechen konnte, platzte Franzi heraus: »Dann wollte der Typ womöglich in das Büro einbrechen und die Sammlung stehlen.«

Tanja sah sie erschrocken an, dann runzelte sie die Stirn. »Aber Oliver sagte doch, dass der Mann in den Stall wollte.«

»Vielleicht hat Oliver sich getäuscht«, gab Kim zu bedenken. Sie wechselte einen Blick mit Marie. »Was mich gerade interessiert: Wie kommt es, dass deine Tante die Ausgrabungsgegenstände hier in ihrem Büro hatte? Und sie nicht in einem Museum sind? Hatte sie eine Genehmigung aus Peru dafür? Hat sie die Sachen denn geliehen oder geschenkt bekommen?«

Tanja sah die drei !!! erstaunt an. »Das ist so eine Sache.« Sie schüttelte den Kopf. »Nein, sie hatte keine Genehmigung. Sie …«

»Ausgrabungsgegenstände dürfen nicht einfach aus einem Land geschafft werden«, sagte Kim.

»Richtig«, bestätigte Marie. »Daran habe ich auch gleich gedacht. Es gibt internationale Gesetze zum Schutz von Kulturgut.«

»So etwas wisst ihr?«, rief Hanna.

Franzi schnippte mit dem Finger. Sie erinnerte sich nun offenbar auch. »Wir haben vor längerer Zeit einen Fall gelöst, bei dem es um das Thema ging«, erzählte sie mit ernster Stimme. »Die Täter hatten Ausgrabungsgegenstände aus Mexiko nach Deutschland geschmuggelt, um sie auf dem Schwarzmarkt zu verkaufen.«

Tanja schlug mit der flachen Hand auf den Brunnenrand. »Also, ja: Tante Irene hat die Artefakte damals außer Landes gebracht und unrechtmäßig bei sich aufbewahrt. Aber sie wollte sie bestimmt niemals zu Geld machen. Sie hat die Sachen einfach ... eben aufbewahrt.«

»Wir haben die ganze Zeit nicht gewusst, dass diese Sammlung gar nicht existieren dürfte«, ergänzte Hanna mit leiser Stimme. »Erst, seit Mama das Testament gelesen hat, wissen wir Bescheid. Aber Großtante Irene wollte die Sachen nur schützen und erhalten. Sie hat für jedes Exponat alles genau dokumentiert: Fundort, Umstände, Datum. Die Ordner dazu füllen ein ganzes Regal.«

»Die Exponate wären in Museen in Peru aber besser aufgehoben«, warf Franzi ein. »Sachen, die in einem Land gefunden wurden, gehören doch dorthin. Sie sind Teil davon, von der ganzen Geschichte und Entwicklung des Landes und der Menschen dort.«

»Das ist richtig.« Tanja nickte. »Tante Irene hat in ihrem Testament deshalb auch bestimmt, dass die Artefakte nun wenigstens nach ihrem Tod wieder nach Peru gebracht werden. Sie hat in der Vergangenheit wohl kein Unrechtsbewusstsein gehabt. Aber nachdem in den letzten Jahren sogar Museen damit begonnen haben, Exponate, die auf zweifelhaften Wegen zu ihnen gelangt sind, in die Ursprungsländer zurückzugeben, hat sie angefangen nachzudenken. Sie wollte, dass jetzt alles in Ordnung kommt.«

»Immerhin«, murmelte Kim.

Tanja strich über den Brunnenrand. »Der Notar hat für alles gesorgt. Ende nächster Woche findet bei uns ein Termin mit Vertretern der peruanischen Botschaft statt. Sie werden sich einen Überblick verschaffen und alles Weitere in die Wege leiten. Die Artefakte werden wieder in ihr ursprüngliches Land kommen und dort der Forschung zur Verfügung stehen.«

»Dann ist ja alles gut«, sagte Franzi zufrieden.

Tanja seufzte. »Allerdings scheint die Sammlung etwas in Unordnung geraten zu sein. Der Notar hat mir vor zwei Tagen eine Inventarliste nachgereicht, die Irene angefertigt hatte. Bei einem kurzen Blick gestern Morgen habe ich ein paar Exponate nicht finden können. Ich habe Oliver gefragt, aber er konnte sich das auch nicht erklären.« Sie zuckte mit den Schultern. »Ich möchte das mit den verschwundenen Sachen klären, bevor der Termin stattfindet.«

»Dann sehen wir doch jetzt gleich nach«, schlug Franzi vor.
»Genau«, sagten Marie und Kim gleichzeitig.
Tanja sah auf ihre Armbanduhr. »Ich habe tatsächlich noch etwas Zeit.« Sie stand auf und zog den Schlüsselbund aus ihrer Hosentasche.

Geheime Kammer

»Wow!«, rief Kim, nachdem sie hinter Tanja das Büro betreten hatten. »Das ist mal eine Bibliothek!«
Marie ließ ihren Blick durch den Raum schweifen. An der Wand gegenüber zog sich bis unter die Decke ein Regal aus schwerem, dunklem Holz entlang, in dem dicht an dicht Bücher standen, es mussten mehrere tausend sein. Rechts an der Wand gab es ein weiteres hohes Regal, in dem sich Ordner und Mappen nahtlos aneinanderreihten. Daneben lagerten in einem stabilen Regal aus Stahl dutzende von Kartonschachteln und Holzkisten in allen möglichen Größen. Die Behälter waren mit Etiketten versehen und trugen Nummern. An der linken Wand befand sich eine Vitrine, ein Schubladenkasten und eine Art großer Kühlschrank mit Glastür. Unweit davon war ein ausladender Schreibtisch aus dunklem Holz platziert. Stapel von Mappen und Papieren türmten sich darauf. Mehrere Rollcontainer waren im Raum verteilt, auf denen ebenfalls Papiere gestapelt waren.
»Tante Irene hat den Anbau extra errichten lassen, um ihre Bü-

cher, das Archiv mit den Exponaten und den Klimaschrank für empfindliche Artefakte unterzubringen«, erklärte Tanja. »Die alten Holzböden im Haupthaus hätten das Gewicht nicht getragen. Außerdem hat sie ein aufwendiges System zur Klimatisierung installieren lassen, damit alle Ausgrabungsgegenstände optimal lagern.«

»Das ist wirklich beeindruckend«, stellte Kim fest. Sie lief zu dem Regal mit den Kisten. »Hier sind die Artefakte, nehme ich an.«

Tanja nickte. »Das ist die Sammlung meiner Tante Dr. Irene Reusch. Es sind alles präkolumbische Objekte, die sie in über einem Jahrzehnt Ausgrabungstätigkeit in Peru geborgen hat.«

»Die empfindlichen Textilexponate sind im Klimaschrank«, ergänzte Hanna. »Großtante Irene hat mir erzählt, dass das Volk der Inka schon vor über 500 Jahren Stoffe aus dem Vlies von Alpakas gewebt hat. Wohlhabende Inka trugen Mäntel aus Alpakawolle. Diese Textilien waren für sie sogar wertvoller als Gold.«

»Interessant!« Kim schwenkte auf halbem Weg um und warf einen neugierigen Blick durch die Glastür des Klimaschranks. »Schade, alles verpackt, man sieht die Stoffe nicht.«

Plötzlich schien etwas auf dem Schreibtisch Kims Aufmerksamkeit zu erregen. Sie trat näher. »Hier liegt ein Korrekturabzug.« Kim las vor: »*Grabungen, Gefahren, Glücksmomente. Meine Jahre in Peru.*« Sie lächelte. »Dann hat deine Tante ihre Memoiren noch fertigstellen können!«

»Ja, das ist wirklich schön«, sagte Tanja. »Oliver wird sich um die letzten Arbeiten an dem Buch kümmern. Es soll im nächsten Frühjahr erscheinen.«

»Toll!«, rief Kim und betrachtete begeistert den Papierstapel vor sich.

Marie musste grinsen. Ihre Freundin wirkte, als habe sie gerade einen goldenen Inkaschatz entdeckt. Kim war eben einfach durch und durch ein Büchermensch.

Franzi sah sich in der Zwischenzeit die Vitrine neben dem Schreibtisch genauer an. Marie lief zu ihr.

»Guck mal, wie hübsch!« Franzi deutete zum obersten Glasboden, auf dem ein kleiner goldener Anhänger lag. Er stellte in vereinfachter, aber kunstvoller Form einen Vogel dar.

In der Etage darunter konnte Marie eine kleine Figur aus Ton erkennen. Es war ein kniender Mann mit einem Raubkatzengesicht, auffälligem Ohrschmuck und einer Kopfbedeckung mit einem gezackten Rand.

Ganz unten befand sich eine erdfarbene Keramikschale, die ein schwarz-weißes Streifenmuster zierte.

»In der Vitrine hat Irene immer wechselnde Exponate ausgestellt, um sich beim Schreiben zu inspirieren«, erklärte Tanja.

Plötzlich ertönte ein Knarren vom Eingangsbereich her. Marie sah hin. Eine junge Frau in sportlicher Kleidung winkte ihnen.

»Ich habe gesehen, dass die Tür offen steht. Ich habe mir Sorgen gemacht, dass ...«

»Ich habe nur vergessen, sie richtig zu schließen«, beeilte sich Tanja zu sagen. »Komm doch herein, Juliane. Hast du schon etwas von Oliver gehört? Christian hat sich bislang nicht mehr gemeldet.«

Juliane betrat das Büro und nickte den Mädchen flüchtig zu. »Oliver hat gerade angerufen«, sagte sie mit belegter Stimme. »Er muss über Nacht zur Beobachtung im Krankenhaus bleiben. Er hat eine Gehirnerschütterung und muss liegen.«

Tanja sah Juliane erschrocken an. »Das tut mir leid!«

Die junge Frau runzelte die Stirn. »Was für eine Geschichte! Ich wollte ihn noch zurückhalten. Er hätte einfach vom Fenster runterrufen können.« Sie schüttelte den Kopf. »Alles nur wegen einer dummen Mutprobe! Ich hoffe, er ist schnell wieder gesund. Nächste Woche hat er das Vorstellungsgespräch für die Stelle an der Uni.«

Tanja legte Juliane eine Hand auf die Schulter. »Bestimmt wird alles gut!«

»Das hoffe ich«, murmelte Juliane. »Ich soll übrigens ausrichten, dass Christian auf dem Weg nach Hause ist und noch den Kakao für heute Abend einkauft.«

»Prima, danke dir«, sagte Tanja.

Plötzlich sah Juliane die drei !!! an. Sie schien erst in diesem Augenblick wahrzunehmen, dass außer Tanja und Hanna weitere Personen anwesend waren. Sie lächelte in die Runde. »Was macht ihr denn hier?«

»Kim, Franzi und Marie sind Detektivinnen«, sagte Tanja.

»Und zwar sehr erfolgreiche«, fügte Hanna hinzu. »Sie sind vorbeigekommen, weil sie von dem Vorfall in der letzten Nacht erfahren haben.«

»Wow!«, rief Juliane sichtlich beeindruckt. Dann sah sie die drei !!! verwirrt an. »Und warum seid ihr hier im Büro von Dr. Reusch? Oli sagt, der Eindringling wollte in den Stall.«

»Da haben wir auch schon angefangen nach Spuren zu suchen«, sagte Kim. »Nachher machen wir weiter. Wir sind zwischenzeitlich abgelenkt worden.«

Erneut sah Juliane verwirrt in die Runde.

Tanja seufzte. »Ich habe den Mädchen von Tante Irene und ihrer Sammlung erzählt. Und, dass ich ein paar Exponate nicht gefunden habe.«

»Wir wollen helfen, danach zu suchen«, ergänzte Marie.

»Ah, ich verstehe«, sagte Juliane. »Stimmt. Oliver hat mir davon erzählt.«

Sie sah zu dem Regal mit den Exponaten. »Bist du denn sicher, dass etwas fehlt? Stehen die Sachen vielleicht einfach an einer anderen Stelle?«

»Ich muss noch gezielt schauen. Bislang konnte ich einen goldenen Anhänger und zwei große Keramikschalen nicht finden.« Tanja lief zum Regal und zog einen kleinen Karton heraus. Sie hob den Deckel ab. Auf dem Kartonboden lag ein weiches Schaumstoffkissen, in dessen Mitte sich eine münzgroße Vertiefung befand.

»Hier müsste sich laut Liste ein goldenes Sonnenamulett befinden.« Sie bückte sich und zog zwei große Holzkisten aus dem untersten Fach. »Und hier sollten zwei Schalen enthalten sein.« Sie öffnete die Kisten. Außer jeder Menge Holzwolle befand sich nichts darin.

Juliane räusperte sich. »Kann es sein, dass deine Tante …« Sie zögerte. »Also, dass sie ein paar der Artefakte verkauft hat?«

»Niemals«, antwortete Tanja. »Jedes einzelne Stück hat ihr sehr viel bedeutet. Sie hat ja alles selbst ausgegraben. Das waren wertvolle Erinnerungen für sie. Abgesehen davon hatte sie wirklich genügend Geld.«

»Dann gibt es vielleicht einen Tresor, in dem einige der Stücke aufbewahrt sind?« Juliane blickte sich kurz im Büro um. »Okay, ich sehe hier keinen. Vielleicht im Haus?«

»Ich bin sicher, es gibt keinen Tresor auf dem Hof«, sagte Tanja. Sie zuckte mit den Schultern.

»Er könnte versteckt sein«, sagte Franzi. »Das ist ja nicht unüblich. Hinter einem Bild oder Spiegel oder so.«

Kim zupfte an ihrer Lippe. »Seltsam ist aber, dass die Verpackung da ist. Würde man empfindliche Gegenstände, wie Keramiken, nicht darin belassen, wenn man sie in einem Tresor unterbringt?«

»Außerdem müsste das ein wirklich großer Tresor sein, in den diese Vasen hineinpassen«, ergänzte Marie.

»Eine geheime Kammer«, murmelte Kim plötzlich. Sie sah gedankenverloren vom Schreibtisch zur Bücherwand.

»Eine geheime Kammer?« Juliane sah Kim erstaunt an. »Wie kommst du denn auf so etwas?«

Kim kniff die Augen zusammen. »Ich weiß nicht …«

»Eine geheime Kammer«, wiederholte Hanna leise.

Kim wuschelte sich durchs Haar. »Das war so eine fixe Idee.

Ich habe gerade im Manuskript eine Überschrift gelesen: *Die geheime Kammer im Tempel.*«
Sie deutete zur Bücherwand. »Und dann gibt es hier dieses riesige Regal. Ich meine, das ist doch der absolute Klassiker. Dahinter könnte sich ein geheimer Raum befinden. Das kommt in tausenden von Krimis vor.«
Juliane lächelte. »Meinst du nicht, dass deine Fantasie jetzt ein bisschen mit dir durchgeht?«
Marie lief zum Bücherregal. Sie fand Kims Idee gar nicht so abwegig. Während ihrer Detektivlaufbahn hatten sie schon einige versteckte Räume gefunden.
Marie betrachtete den Steinboden vor dem Regal. Verlief dort auf der rechten Seite eine feine Spur? Sie beugte sich über die Stelle.
»Ist das eine Schleifspur?«, fragte Franzi prompt, die auch zum Regal gelaufen war.
Kim kam zu ihnen rüber und begutachtete die Stelle. »Hm, ich weiß nicht.« Sie sah auf das Regal. »Du meinst, dass sich hier ein Teil öffnen lässt und dadurch der Kratzer auf dem Boden entstanden ist?« Sie ließ den Blick über den Boden gleiten. »Es gibt hier allerdings einige davon.«
Plötzlich erklang ein dumpfes Rumsen, dem ein Prasseln folgte. Juliane schrie erschrocken auf.
Marie fuhr herum. Einer der Stapel war vom Rollcontainer gefallen und die Papiere hatten sich über den Boden ergossen.
Juliane rieb sich mit schmerzverzerrtem Gesicht das Knie. »Es tut mir leid!«, rief sie. »Ich wollte zu euch rüberkommen und

habe dabei den Container übersehen.« Sie bückte sich und begann hastig, Papier einzusammeln. »Entschuldige bitte, Tanja. Ich bringe das gleich wieder in Ordnung!«

»Das ist doch kein Problem«, antwortete Tanja. »Das ist schnell wieder aufgehoben.«

Gemeinsam begannen sie, die Dokumente einzusammeln.

Hanna legte gedankenverloren ein Blatt auf einen Stapel. Sie blinzelte und kniff die Augen zusammen. »Leute, bitte lacht mich nicht aus«, murmelte sie. »Aber mir fällt gerade etwas ein. Es ist eine ganz schwache Erinnerung. Ich habe das Gefühl, dass mir Großtante Irene, als ich noch sehr klein war, eine geheime Kammer gezeigt hat.«

Tanja sah sie verdutzt an. »Bist du sicher?«

Hanna runzelte die Stirn. »Ich weiß nicht. Das ist alles so vage. Oder hat sie mir gesagt, dass sie es spannend fände, eine zu haben? Oder hat sie mir eine Geschichte erzählt, dass sie mal bei einer Ausgrabung in einer Kammer verschüttet wurde und erst nach Tagen befreit werden konnte?« Hanna kniff erneut die Augen zusammen. »Da ist dieses Bild: ein kleiner Raum, im Halbdunkel, eine Steinbank, völlige Stille. Wo könnte das gewesen sein?« Sie schüttelte den Kopf. »Hat mir Großtante Irene die Geschichte so lebhaft erzählt, dass ich damals meinte, dabei zu sein?«

Juliane gab ein leises Geräusch von sich. Sie tippte hektisch auf ihre Armbanduhr. »Ich muss zum Krankenhaus. Die Besuchszeit ist bald zu Ende! Und Oliver braucht noch seinen Schlafanzug und Waschsachen.« Sie nickte in die Runde. »Es war

wirklich nett, euch kennengelernt zu haben!« Mit schnellen Schritten eilte sie zur Tür und sah dabei nochmals auf ihre Uhr.
»Achtung!«, rief Marie. Aber es war schon zu spät.
Juliane geriet mit dem Ellbogen gegen einen Stapel auf dem Schreibtisch. Er rutschte augenblicklich über die Kante. Im Fallen stieß er gegen zwei weitere Stapel auf einem der Container. Innerhalb von Sekunden war der Boden mit Papieren geflutet.
Juliane sah entsetzt auf das Papierchaos. »Das darf einfach nicht wahr sein!« Sie bückte sich und begann, hektisch die Papiere einzusammeln.
Tanja fasste sie leicht am Arm. »Lass mich und die Mädchen das machen. Du musst zu Oliver. Und fahr bitte vorsichtig!«
Juliane rappelte sich auf. »Ja, danke. Und entschuldigt bitte nochmals!« Mit großen Schritten verließ sie das Büro.
»Ich glaube, sie macht sich richtig Sorgen um Oliver«, sagte Tanja leise. »Hoffentlich ist er bald wieder gesund!«
Sie kniete sich hin und griff nach einer Mappe. »Dann sammeln wir das mal alles wieder ein. Und danach würde ich gerne anfangen, das Archivregal zu prüfen.«
Hanna nickte. »Das machen wir. Aber später will ich mir das Bücherregal noch mal ansehen.«

Eine Viertelstunde später lagen die Papiere wieder halbwegs sortiert an ihren Plätzen. Marie hob die letzte Mappe vom Boden unter dem Schreibtisch auf.
Im selben Moment erklang ein Summen und ein zartes *Möhp*.
Marie horchte auf. Tanja zog ihr Handy aus der Hosentasche.

»Den Ton habe ich auf der Weide aufgenommen und auf Mamas Handy installiert«, erklärte Hanna grinsend.
»Juliane, ist alles klar bei dir?«, fragte Tanja. Dann lauschte sie mit ernstem Gesicht.

Sabotage?

»Ich komme sofort!«, rief Tanja aufgebracht.
»Was ist passiert?«, fragte Hanna erschrocken.
Ihre Mutter steckte das Handy ein. »Juliane hat auf dem Weg zum Parkplatz bemerkt, dass jemand einen Haufen Weinreben und Brotreste an der Weide abgelegt hat.« Sie fuhr sich mit beiden Händen durchs Haar. »Zum Glück sind die Alpakas gerade auf den oberen Wiesen. Sonst hätten sie womöglich schon davon gefressen.«
»Kommt!«, rief Hanna.
Als alle das Büro verlassen hatten, schloss Tanja eilig ab und sprintete los.
»Alpakas fressen nur Gras und Heu, manchmal Kräuter«, erklärte Franzi Kim und Marie auf dem Weg zur Weide. »Obst, Gemüse und Mehl vertragen sie gar nicht. Davon können sie richtig krank werden!«

Juliane wartete am Weidezaun, der in der Nähe des kleinen Parkplatzes lag, auf dem sie ihre Räder abgestellt hatten.

»Hier ist es!«, rief sie und deutete zu einer Stelle am Zaun. Eine Reihe von abgerissenen Weinreben war darauf abgelegt worden. Darunter lagen, im Gras verteilt, mehrere zerpflückte Weißbrotteile.
Unweit von der Stelle sah Marie eine Tafel.
Bitte nicht füttern! Das kann bei uns zu schweren Krankheiten führen, stand in großen roten Buchstaben darauf.
Franzi schüttelte den Kopf. »Ich fasse es nicht«, murmelte sie. »Die Sachen sind eindeutig vorsätzlich hingelegt worden!«
Juliane zog energisch den Reißverschluss an ihrer Jacke zu und biss sich auf die Lippe. »Das kann jetzt einfach Zufall sein, aber ich habe gesehen, wie ein Mann sehr eilig mit dem Fahrrad vom Parkplatz weggefahren ist. Womöglich hat er die Sachen hingelegt?« Sie räusperte sich. »Er schien sportlich zu sein, also, so, wie er in die Pedale getreten hat. Und er hatte eine schwarze Kapuzenjacke an.«
»Wie der Mann, der nachts am Stall war!«, rief Kim sofort.
Juliane atmete scharf aus. »Wie gesagt, vielleicht ist das nur Zufall, Kapuzenpullis tragen viele Menschen. Und ich habe auch nicht gesehen, dass er die Sachen auf die Weide gelegt hat, aber ...«
»Man kann trotzdem in Erwägung ziehen, dass es der Täter war«, unterbrach Kim sie. »Kannst du die Person näher beschreiben?«
Juliane schüttelte den Kopf. »Ich habe den Mann nur von hinten gesehen, und die Entfernung war ziemlich groß.« Sie schnippte mit dem Finger. »Erwin Reuter kann vielleicht mehr

sagen. Er ist zu dem Zeitpunkt gerade in seinen Pick-up gestiegen und weggefahren.« Juliane kniff die Augen zusammen. »Wenn ich genau drüber nachdenke, es sah fast so aus, als habe Herr Reuter ihm zugewinkt.«
»Du meinst, sie kannten sich?«, fragte Kim.
Juliane nahm eine kleine Sporttasche hoch, die sie am Gatter abgestellt hatte. »Keine Ahnung. Das ging alles so schnell.«
»Erwin Reuter«, wiederholte Marie. »Ist das der ältere Mann, der in dem Backsteinhaus wohnt?«
Tanja nickte.
Marie dachte an ihre Begegnung beim Rosenbusch. »Herr Reuter war ziemlich ungehalten, als ich vorhin den Trampelpfad an seinem Garten entlanggehen wollte. Er hat auf die Besucher der Alpaka-Farm geschimpft.« Sie verschränkte die Arme vor der Brust. »Womöglich will er sich an euch rächen, weil eure Besucher seine Ruhe stören? Und er hat dafür den Kapuzenmann engagiert? Um Sabotage auszuüben?«
»Bitte?« Tanja sah Marie aus großen Augen an. »Erwin und Sabotage? Das ist aber eine heftige Annahme. Nein, Erwin würde so etwas nicht machen!« Sie wechselte einen Blick mit Hanna und fuhr fort: »Es stimmt schon, er regt sich in letzter Zeit häufiger darüber auf, wenn Leute an seinem Garten vorbeilaufen. Früher war ihm das völlig egal. Aber in der letzten Zeit haben einige Farmbesucher berichtet, dass Erwin am Zaun steht und nur darauf zu warten scheint, dass jemand kommt. Aber ich glaube, das ist seine Art der Kontaktaufnahme. Er fühlt sich seit dem Tod seiner Frau recht einsam in dem Haus.«

»Und selbst, wenn es ihn wirklich stören sollte, würde er nicht zu solchen Mitteln greifen«, sagte Hanna. »Er würde die Alpakas nie in Gefahr bringen. Die Hinweistafel hier am Weidezaun hat er angebracht, nachdem er ein paar Leute gesehen hat, die die Tiere füttern wollten.«
Marie blieb skeptisch. »Man weiß nie. Menschen können sich sehr verändern. Man schaut ja nicht in ihren Kopf hinein.«
»Wir müssen mit dem Mann sprechen«, sagte Kim.
»Entschuldigt bitte!«, unterbrach Juliane. Sie klimperte mit ihrem Fahrradschlüssel. »Es tut mir leid, aber ich muss jetzt wirklich los, sonst komme ich nicht mehr rechtzeitig zu Oli.«
Sie lief los und rief über die Schulter: »Ihr müsst euch noch das Begrüßungsschild ansehen. Ich verstehe das nicht, wie kann jemand etwas gegen die Alpaka-Farm haben?«
Tanja schluckte. »Tausend Dank, dass du so aufmerksam warst!«, rief sie Juliane hinterher.
Die junge Frau winkte. »Das ist doch selbstverständlich. Ich hoffe, ihr drei Detektivinnen könnt diesen Typen fassen!«
»So eine Frechheit!«, rief Hanna plötzlich. Sie war zum Schild gelaufen und hatte die Arme vor der Brust verschränkt. »Guckt euch das an!«
Marie lief hin.
Das Schild war mit dicken schwarzen Krakelstrichen verschmiert.
»Das war vorhin, als wir ankamen, noch nicht«, stellte Franzi fest.
Marie machte ein Foto. Dann betrachtete sie das raue Holz des

Schildes. Hier würden sie mit den Mitteln, die ihnen zur Verfügung standen, leider keine Fingerabdrücke sichern können. Plötzlich fiel ihr Blick auf den unteren Teil des Rahmens, in den das Schild eingepasst war. Ein kleiner bunter Fleck war zu sehen. Marie lief hin und stellte fest, dass es sich um einen Fetzen gemusterten Stoff handelte. Vorsichtig zupfte sie den Textilstreifen von dem Nagel, an dem er sich verfangen hatte. Sie dachte kurz nach. Die verdächtige Gestalt trug eine schwarze Jacke. Von ihr konnte der Fetzen nicht stammen.

»Vielleicht hat der Verdächtige unter seiner schwarzen Kapuzenjacke ein buntes T-Shirt getragen«, sagte Franzi im selben Moment.

Marie zuckte zusammen. Das war natürlich möglich.

»Stimmt, das könnte sein«, murmelte nun auch Kim. »Oder auch nicht. Und es war eine andere Person, die die Schmiererei angebracht hat. Jedenfalls kann der Streifen noch nicht lange hier hängen. Die Farben sind nicht ausgeblichen.« Kim griff in ihre Jackentasche und holte eine kleine Tüte heraus. Sie ließ das Stoffstückchen hineingleiten. »Mal sehen, ob es uns weiterbringt.«

»Und jetzt kommen sofort diese scheußlichen Sachen von der Weide«, sagte Hanna. »Also, scheußlich für Alpakas«, korrigierte sie sich selbst. »Wenn man den richtigen Magen dazu hat, dann sind Weintrauben und Brötchen ja prima.«

Marie bedeutete ihr, einen Moment zu warten. »Wir machen erst ein Beweisfoto«, sagte sie und zückte ihr Handy. Schnell schoss sie ein paar Bilder.

Anschließend untersuchten die Detektivinnen Zaun und Gras sorgfältig nach Spuren.
Sie fanden nichts.
Kim stemmte die Hände in die Seiten und sah Tanja ernst an. »Ich hoffe wirklich, dass sich so etwas nicht wiederholt. Und dass auch nichts anderes passiert. Trotzdem. Ich glaube, ihr solltet dringend in Erwägung ziehen, hier Überwachungskameras zu installieren!«
»Du hast recht.« Tanja zog ihr Handy aus der Hosentasche. »Ich versuche Christian zu erreichen. Wenn er noch in der Stadt ist, kann er sich gleich darum kümmern.«
»Das ist sehr gut«, sagte Franzi. »Oft ist es ja sogar so, dass alleine das sichtbare Vorhandensein von Kameras Täter abschreckt.« Sie sah Kim und Marie an. »Und jetzt noch mal zu Erwin Reuter. Wir müssen schleunigst mit ihm sprechen. Vielleicht hat er ja wirklich nichts mit den Vorfällen zu tun und kennt den Kapuzentypen gar nicht. Aber er hat ihn gesehen und kann womöglich wichtige Details nennen.«
Hanna räusperte sich. »Ich glaube, Erwin ist vorhin zu seinem Sohn und dessen Familie gefahren. Das macht er seit dem Tod seiner Frau jedes zweite Wochenende. Er kommt immer am Sonntagabend zurück.«
Die drei !!! sahen sich enttäuscht an.
Tanja kam zurück zu ihnen. »Christian versucht im Elektromarkt Outdoor-Überwachungskameras zu bekommen.«
»Sehr gut«, sagte Marie. »Und jetzt sollten wir am Stall weiter nach Spuren suchen.«

Wer macht so etwas?

»Wie blöd!« Franzi setzte sich neben Marie auf den Brunnenrand und sah zum Stall. »Ich hatte gehofft, dass wir etwas finden, das uns weiterbringt.«

Kim lachte trocken. »Am besten den Personalausweis vom Täter. Meinetwegen auch das Handy.« Sie wuschelte sich durchs Haar. »Aber es ist, wie es ist. Wir haben rein gar nichts.«

Marie seufzte. Sie hatten zusammen mit Hanna und Tanja den Bodenbereich vor den Stallfenstern intensiv abgesucht und auch sorgfältig an jedem Fenster nachgesehen. Das Ergebnis war leider gleich null gewesen.

Tanja sah auf ihre Armbanduhr. »Ich muss dringend die Handlaternen für heute Abend vorbereiten. Die Batterien müssen gewechselt werden. Beim letzten Mal haben sie schon verdächtig geflackert, das macht die Tiere nervös.«

Als sie die fragenden Blicke der drei !!! bemerkte, erklärte sie: »Wir bieten das Wandern mit unseren Alpakas nicht nur bei Tag, sondern auch bei einsetzender Dämmerung an. Das ist im Sonnenuntergang zusammen mit den Laternen sehr stimmungsvoll. Ich glaube, die Tiere finden das auch immer spannend, mal abends unterwegs zu sein.«

»Vor allem wissen sie genau, dass es danach immer eine Runde Kräuterleckerli gibt«, sagte Hanna und lachte. »Und die Menschen bekommen leckeren *Glücks-Kakao* an der Feuerschale im Rosenpavillon.«

Franzis Augen begannen zu leuchten. »Das klingt aber gut.«

Marie stellte sich vor, wie es sein mochte, mit Blanca am Waldrand dem Sonnenuntergang entgegenzulaufen. Sie lächelte, das war eine schöne Vorstellung!

»Da kommt Papa!«, rief Hanna. »Er hat das verschmierte Begrüßungsschild mitgebracht. Daran hätten wir vorhin aber auch denken können.«

»Das stimmt allerdings.« Tanja winkte dem großen Mann zu, der gerade zum Hoftor hereinkam. »Hallo, Schatz«, rief sie.

Christian beeilte sich, zu ihnen zu kommen. »Hallo!« Er gab seiner Frau einen Kuss und nickte lächelnd in die Runde. »Und ihr seid also die drei Detektivinnen! Tanja hat mir vorhin am Telefon von euch erzählt.« Ein Schatten huschte über sein Gesicht. »Und von dem, was passiert ist. Die Sache gestern Nacht war schon merkwürdig genug. Aber nun die Trauben und das Brot auf der Weide, und das hier.« Er stellte das Schild auf dem Boden ab und betrachtete es verärgert. »Wer macht so etwas?«

»Das werden wir herausfinden«, sagte Kim mit fester Stimme.

Christian seufzte. »Ich hoffe, diese Sachen gehen nicht noch weiter.«

Tanja sah ihren Mann an. »Hast du Kameras bekommen?«

Christian lehnte das Schild gegen die Brunnenmauer. »Outdoor-Kameras mit SIM-Karte und Akku scheinen gerade sehr gefragt zu sein. Sie waren alle ausverkauft. Ich musste welche bestellen. Sie kommen am Montag.«
»Mist«, sagte Hanna. »Das sind noch drei Nächte und zwei volle Tage.«
Christian zupfte sich am Ohrläppchen. »Wir werden einfach verstärkte Präsenz auf dem Hof und den Weiden zeigen. Oliver konnte den Typen gestern ja auch vertreiben.«
»Aber er hat heute scheinbar weitergemacht«, gab Kim zu bedenken.«
»Die Laternenwanderung«, platzte Hanna auf einmal heraus. »Hoffentlich passiert heute Abend nichts!«
»Jetzt sei bitte nicht so pessimistisch«, sagte Tanja. Sie legte den Arm um ihre Tochter. »Es wird schon nichts passieren.«
»Mensch, Mama, das sagst du so einfach.« Hanna kniff die Augen zusammen. »Vielleicht ist es besser, wenn du die Wanderung heute Abend absagst?«
Tanja sah ihre Tochter erstaunt an. »Ich kenne dich gar nicht so ängstlich, was ist denn auf einmal los mit dir?«
Hanna knetete die Hände. »Ich weiß auch nicht. Aber ich mache mir echt Sorgen. Was, wenn jemand unsere Farm sabotiert, damit wir pleitegehen? Der Hof von Franzis Familie wäre auch beinahe verloren gegangen, weil Kriminelle sie bedroht haben!«
Franzi räusperte sich. »Ja, aber das ist schon etwas anders gelaufen als bei euch jetzt. Bitte steigere dich da nicht hinein.«

Marie nickte. »Es wäre überhaupt nicht gut, die Wanderung abzusagen. Wenn euch wirklich jemand schaden will, dann hätte er damit erreicht, was er wollte. Ihr dürft nicht klein beigeben.«

»Das denke ich auch«, sagte Christian, während er das beschmierte Schild ansah. Er rubbelte mit seinem Hemdärmel über einen der Striche und betrachtete anschließend missmutig den schwarzen Fleck im Stoff.

»Und trotzdem muss man natürlich aufpassen«, sagte Kim. »Und die Augen offen halten!«

»Möglichst viele Augen«, murmelte Marie. Sie sah Franzi und Kim an. »Was haltet ihr davon …«

»… wenn wir drei heute Abend zur Wanderung mitkommen«, vervollständigte Franzi Maries Satz.

»Genau!«

»Daran habe ich in diesem Augenblick auch gedacht!«, rief Hanna. »Ja, so machen wir's!« Sie blickte aufgeregt in die Runde. »Und wisst ihr was, ihr könnt hier übernachten. Dann müsst ihr nicht in der Dunkelheit nach Hause radeln. Mein Zimmer ist groß genug.«

Die drei !!! sahen sich an.

Hannas Augen blitzten hellwach auf. »Und dann können wir noch den Stall und die Weide bewachen.«

»Das kommt überhaupt nicht infrage«, sagte Tanja sofort. »Auf die Wanderung können Kim, Franzi und Marie gerne mitkommen und natürlich auch bei uns übernachten. Aber bewacht wird von euch Mädchen hier gar nichts!«

»Das ist viel zu gefährlich«, stimmte Christian zu. »Überlasst das bitte uns Erwachsenen.«
Kim reagierte prompt. »Das stimmt. Ich würde das mit dem Bewachen auch lieber nicht machen. Aber eine Übernachtung wäre schon klasse.« Sie lächelte Tanja und Christian unschuldig an.
»Das geht mir genauso«, stimmte Franzi zu.
»Und mir auch. Wir wollen uns nicht in Gefahr begeben. Machen wir nie«, sagte Marie ernst. Sie zwinkerte Hanna unauffällig zu.
Zuerst runzelte Hanna die Stirn, dann schien sie verstanden zu haben. »Okay, ja. Das sehe ich ein.«
Marie grinste in sich hinein. Es war vollkommen klar, dass, wenn die drei !!! bei Hanna übernachteten, keine von ihnen seelenruhig schlummern und sie Stall und Weide sich selbst überlassen würden.
Hanna strich sich die Haare aus dem Gesicht. »Gut, Übernachten ohne Bewachen, geht klar.«
Einen Moment herrschte Schweigen.
Es wurde durch Tanja gebrochen, die spielerisch mit dem Finger drohte. »Mädels, ich glaube euch kein Wort!«

Marie schob ihr Rad gut gelaunt über den Vorplatz der grevenbroichschen Villa. Am Tor angekommen, rückte sie den Rucksack, in den sie Isomatte, Schlafsack, Waschbeutel und Wechselkleidung gepackt hatte, zurecht und setzte zufrieden den Helm auf.

Ihr Vater Helmut und ihre Stiefmutter Tessa hatten sofort erlaubt, dass sie spontan mit Kim und Franzi an einer Alpaka-Abendwanderung teilnehmen und bei Hanna Stetter übernachten würde. Morgen war Samstag und keine Schule, also konnte sie bis zum Nachmittag auf der Farm bleiben, alles kein Problem.

Den genauen Grund für ihren Aufenthalt bei *Alpaka-Glücksweiden* hatte Marie lieber nicht genannt. Es war vorhin schon anstrengend genug gewesen, die Eltern von Hanna zu überzeugen. Zum Glück hatten Tanja und Christian schließlich zugestimmt, dass die drei !!! und ihre Tochter in der Nacht einen Beobachtungsposten in der Nähe des Stalls beziehen würden. Der Wintergarten am Haupthaus lag ideal. Von dort aus war die Fensterseite des Stalls und ein großer Teil des Hofes gut einzusehen. Sie hatten versprechen müssen, drinzubleiben und, wenn sich etwas tun sollte, Hannas Eltern Bescheid zu geben. Oder sofort die Polizei zu informieren.

»Viel Spaß mit den Alpapas!«, rief plötzlich eine helle Kinderstimme.

Marie sah zur Villa zurück. Am Fenster eines der kleinen Türmchen standen Tessa und ihr kleiner Halbbruder Finn und winkten.

»Vielen Dank!«, rief Marie zurück. »Es heißt übrigens Alpakas – mit k!«

Finn nickte. »Alkapas! Viel Spaß!«

»Ja, schon ganz nahe dran!« Marie lachte, winkte und stieg aufs Rad.

Finn war wirklich sehr süß. Und er war noch so jung. Er hatte noch jede Menge Zeit, die richtige Aussprache mancher Wörter zu üben.

Langsam ließ sich Marie durchs Tor nach draußen rollen.

Dann ging alles sehr schnell.

Ein Schatten flog von der linken Seite heran, ein Aufschrei folgte, dann das Quietschen von Bremsen, ein Schrammen von Gummi auf Asphalt. Schließlich Stille.

Marie hatte in Erwartung eines Aufpralls instinktiv den Kopf eingezogen und alle Muskeln angespannt. Jetzt entspannte sie sich vorsichtig und sah zu ihrer linken Seite.

Ein Radfahrer war zehn Zentimeter neben ihr zum Stehen gekommen. Er hatte einen kleinen Seesack auf dem Rücken.

»Mensch, warum fährst du auf dem Gehweg?«, rief Marie und sah den Radler verärgert an.

Augenblicklich machte ihr Herz einen kleinen Stolperer. Der Radler vor ihr war Holger! Ihr *Ex-Freund Holger*, hallte es in ihrem Kopf. Wie lange war das jetzt her, dass sie sich getrennt hatten? Und wie lange hatten sie sich nicht gesehen, obwohl Holger gar nicht weit von ihr entfernt wohnte?

Sie konnte es nicht sagen, irgendwie war sie doch etwas durcheinander.

Holger war blass, und seine braunen Augen wirkten viel dunkler, als Marie sie in Erinnerung hatte. Er lächelte schwach. »Hallo, Marie! Sorry, ich bin in Gedanken gewesen.«

Marie nickte. »Schon gut.«

»Ich muss hier weg«, sagte Holger mit rauer Stimme. »Der

neue Freund meiner Mutter wohnt seit gestern für mindestens eine Woche bei uns, weil er einen Wasserschaden in seiner Wohnung hat. Das halte ich nicht aus! Er redet ununterbrochen, benutzt tonnenweise Rasierwasser, und er nennt meine Mutter *Schwänchen*! Geht's noch?« Holger schlug mit der flachen Hand gegen den Seesack. »Ich geh auf den Campingpatz. Ich muss nur noch die Zeltplane flicken. Meine Isomatte habe ich zwar nicht gefunden, und, Mist, den Schlafsack habe ich liegen gelassen. Egal, Hauptsache, weg!«
Marie stellte sich vor, wie Holger in einem kleinen löchrigen Zelt auf dem harten Boden mit drei übereinandergezogenen Pullis und zwei Paar Jogginghosen die Nächte verbrachte.
»Weißt du was? Du kannst bei uns im Gästezimmer wohnen«, bot sie ihm an. »Ich sag schnell Bescheid.«
Marie zog ihr Handy aus der Hosentasche und tippte eine Nachricht an Tessa:

Kleiner Notfall: Kann Holger für ein paar Nächte im Gästezimmer wohnen?

Tessa schrieb umgehend zurück:

Klar. Wann?

Marie antwortete:

Danke! Er steht quasi vor der Tür.

Tessa schrieb:

Du hast Glück, so flexible Eltern zu haben. Ich mach auf.

Marie steckte das Handy ein. »Alles klar, du kannst bei uns schlafen. Das ist doch besser als der Campingplatz.«
Holger sah sie verdattert an. »O...okay, danke«, stotterte er. »Und wo fährst du jetzt hin?«
Kurz überlegte Marie, ob sie Holger von dem neuen Fall erzählen sollte. Doch sie entschied sich dagegen. Nicht, dass er sich bei Tessa verplapperte.
»Ich übernachte auf einer Alpaka-Farm«, sagte sie und schwang sich aufs Rad. »Mach's gut! Finni wird sich freuen.«
Als sie losfuhr, hörte sie noch, dass die Villentür aufgerissen wurde und Finn laut rief: »Holger, endlich wieder! Aber Marie ist bei den ALKAKAS!«

Alpaka-Alarm

Kim und Franzi warteten schon am Brunnen, als Marie mit ihrem Rucksack auf den Alpaka-Hof kam. Sie hielten belegte Brötchen in der Hand und kauten genüsslich.

Franzi schluckte schnell herunter. »Da bist du ja endlich!«, rief sie. »Wir haben uns schon Sorgen gemacht, dass deine Eltern dir die Übernachtung nicht erlauben.«

»Ach was, das ist bei Tessa und Helmut kein Problem, die beiden sind echt flexibel«, sagte Marie. »Ich hab einfach länger gebraucht, tut mir leid.«

Marie dachte an die Sache mit Holger. Plötzlich fühlte es sich merkwürdig an, dass sie ihm das Gästezimmer angeboten hatte. War das vorschnell gewesen? Holger hatte etwas überfordert gewirkt. Sie hatte auch gar nicht daran gedacht, dass ihr Ex-Freund dann bei allen Mahlzeiten mit am Tisch sitzen würde. Würde das seltsame Situationen ergeben? Marie schüttelte den Kopf. Ach was. Zwischen Holger und ihr war alles klar, sie waren getrennt, jeder hatte sein eigenes Leben. Dass sie ihm in einer Notsituation half, war doch vollkommen normal!

»Hallo, Erde an Marie!«, hörte sie Franzi rufen. »Alles klar bei dir?«

Marie nickte stumm.

»Dann komm! Tanja und Hanna sind im Rosenpavillon. Sie haben alles für den Umtrunk nach der Wanderung vorbereitet. Und sie haben superleckere Snacks gemacht.«

»Ist wirklich alles in Ordnung bei dir?«, hakte Kim nach, während sie Franzi auf einem schmalen Weg folgten, der hinter das Haupthaus führte.

Marie überlegte, ob sie von Holger erzählen sollte. Plötzlich hatte sie einfach keine Lust auf das Thema.

»Alles klar, absolut«, sagte sie bestimmt.

Kim schien zu spüren, dass Marie gerade nicht reden wollte. Sie begann einfach loszuquatschen: »Franzis Vater war ganz begeistert, dass sie eine Alpaka-Wanderung mitmachen darf. Er selbst will das wohl auch schon seit ganz langer Zeit. Aber er hat es bisher einfach nicht geschafft, weil in der Tierarztpraxis immer so furchtbar viel los ist. Und meine Mutter war auch richtig angetan. Eine Yoga-Kollegin hat ihr von *Alpaka-Glücksweiden* erzählt und dass es hier sogar Meditationsstunden zusammen mit den Tieren auf der Wie gibt. Abgefahren, oder? Tanja sagte, dass morgen wieder eine Stunde stattfindet. Das müssen wir uns ansehen!«

»Auf alle Fälle«, stimmte Marie zu. Sie konnte sich gut vorstellen, dass das Summen der Alpakas und ihre warmen Blicke Menschen zu mehr Ruhe verhalfen.

Franzi, Tanja und Hanna winkten von einem großen, mit Rosen überwucherten Pavillon aus, der auf einem gekiesten Platz hinter dem Haupthaus stand.

Beim Eintreten schnupperte Marie in die Luft. Sie betrachtete die zartgelben Blüten und sagte: »*Gloria Mia.*«

Während Kim und Franzi sie irritiert ansahen, lachte Tanja. »Richtig. Bist du Rosenspezialistin?«

Marie grinste. »Nein. Das weiß ich von Erwin Reuter, er hat diese Sorte an seinem Gartenzaun.«

»Verstehe«, antwortete Tanja.

»Schade, dass wir nicht gleich mit dem Mann sprechen können«, sagte Kim.

Franzi nickte. »Das ist echt ärgerlich!« Sie nahm sich ein Käse-Gurken-Sandwich aus der großen Kühlbox auf dem Tisch und biss ab. Ihre Miene hellte sich auf. »Das ist aber lecker. Vielen Dank, Tanja!«

»Das freut mich. Langt ordentlich zu.« Tanja lächelte, während sie einen Kupferkessel auf der Feuerschale platzierte.

»Ach, hier seid ihr!« Juliane lugte in den Pavillon. »Und ihr Detektivinnen seid auch noch da! Habt ihr denn schon eine Spur zu dem Saboteur?«

Kim hob die Hände. »Wir tun, was wir können.«

»Auf jeden Fall begleiten uns die drei !!! nachher auf der Laternenwanderung und halten die Augen auf«, sagte Hanna. Sie wirkte erleichtert.

Juliane zog anerkennend die Augenbrauen hoch. »Das ist sehr gut.« Sie seufzte. »Ich muss los, ich bin heute für den Abendunterricht an der Sprachschule eingeteilt. Ich wollte nur kurz sagen, dass Oliver wahrscheinlich schon morgen entlassen wird. Die Ärztin meinte, es ginge ihm schon besser und er könne die Bettruhe auch zu Hause einhalten. Ist das nicht schön?«

»Ja, das ist es«, freute sich Tanja. »Ich bin wirklich froh, dass nicht noch Schlimmeres passiert ist!«

Juliane wandte sich zum Gehen, blieb aber noch einmal stehen. Sie schnippte mit dem Finger. »Ach, und ich habe Oli mal wegen der geheimen Kammer und Dr. Reusch gefragt.«

Marie horchte auf.

Juliane lächelte. »Ich fand das einfach spannend. Und stellt euch vor, Oliver sagte, dass Dr. Reusch ihm mal eindrücklich geschildert hat, wie sie drei Tage in einer Ruinenstadt in Peru in einer Tempelkammer ausharren musste, bis Rettung kam. Hanna hat sich richtig erinnert. Dr. Reusch muss ihr als Kind diese Geschichte erzählt haben.«

Die drei !!! sahen sich enttäuscht an.

»Ach so«, murmelte Hanna. Sie schüttelte unmerklich den Kopf. »Ja, dann. Danke, Juliane, dass du Oliver gefragt hast!«

»Gern geschehen.« Juliane winkte in die Runde. »Ich muss mich noch umziehen und mein Unterrichtsmaterial zusammensuchen. Einen schönen Abend noch!«

Ein Summen und Möhpen erklang. Tanja ging an ihr Handy und lauschte kurz.

»Alles klar, Christian«, sagte sie schließlich. »Wir kommen gleich.«

Hanna blickte erschrocken zu ihrer Mutter. »Ist etwas passiert?«

Tanja winkte ab. »Nein, nein. Die Gruppe, die an der Abendwanderung teilnimmt, ist nur etwas verfrüht angekommen. Es sind drei Frauen, die sich schon sehr auf das Event freuen. Christian geht mit ihnen zum Stall. Er hat zum Glück vorhin schon unsere Alpakajungs dorthin gebracht.«
Hanna sprang auf. »Euer Gepäck können wir hierlassen, das bringt Papa dann in den Wintergarten.«
Marie merkte, dass leise Aufregung in ihr hochstieg. Sie hatte in den letzten Minuten ziemlich verdrängt, warum sie mit Franzi und Kim heute hier war. Unsicher sah sie zu ihren Freundinnen und Hanna.
Alle drei wirkten ebenfalls angespannt.
»Es wird alles gut gehen«, sagte Tanja und blickte zuversichtlich in die Runde. »Kommt.«

Die drei Frauen standen am Gatter, das nun auf einer Seite des Stalls angebracht war, und sahen sich begeistert die Alpakas an. Die Tiere zupften gemächlich Heu aus den frisch gefüllten Futtertrögen. Don Alfonso, Balu und Espresso hatten jeder einen Futterplatz für sich. Tim und Tom teilten sich einen, wobei sie sich immer wieder sanft anrempelten.
Über allem lag ein leises Summen.
Christian verabschiedete sich lächelnd. »Ich wünsche allen einen schönen Abendspaziergang!« Er sah zu Tanja. »Ich gucke dann hier nach dem Rechten und bringe die Stuten später in den Stall.«
Hanna schnippte mit dem Finger. »Ach, Papa, das hatte ich

ganz vergessen. Simon kommt gleich vorbei. Er kann dir beim Aufpassen helfen.«

Christian nickte. »Das ist ja klasse. Danke!«

Marie sah zu den Alpakastuten auf der Weide. Die Tiere hatten sich in recht weiter Entfernung gemeinsam auf der Wiese niedergelassen.

Marie erkannte Blancas weißes Lockenvlies sofort. Die Alpaka-Stute zupfte Gras und hob dann ihren Kopf. Marie formte die Hände zu einem Trichter und versuchte ein sanftes *Möhp*.

Es war ihr offensichtlich gut gelungen. Alle Alpaka-Damen begannen leise zurückzumöhpen. Blanca lief sogar ein kleines Stück in Maries Richtung und schickte ein besonders lang gezogenes *Mööohp*.

Marie seufzte. Sie fand es sehr schade, dass die Hengsttruppe für die Wanderung eingeteilt war. Sie wäre am liebsten mit Blanca gelaufen.

Tanja riss sie aus ihren Gedanken. »Herzlich willkommen bei *Alpaka-Glücksweiden*!«, begrüßte sie die drei Frauen. Sie stellte sich und die Mädchen kurz vor.

Die Frauen waren sehr aufgeschlossen und lustig und freuten sich, dass Kim, Franzi und Marie spontan mit von der Partie waren. Sie nannten ihre Namen: Sylvie, Anne und Pia. Die drei arbeiteten in der Stadt bei der Sparkasse und wollten nach einem stressigen Arbeitstag zusammen mit den knuffigen Alpakas einfach die Seele baumeln lassen.

»Da seid ihr bei uns genau richtig«, sagte Tanja. »Alpakas strahlen die meiste Zeit eine wunderbare Gelassenheit aus. Un-

sere Jungs hier sind wirklich ein paar ganz liebe. Tim und Tom albern vielleicht manchmal herum. Aber dann sorgt Don Alfonso für Ruhe. Balu unterstützt ihn dabei, wenn er nicht gerade Lust auf Ausruhen und Hinlegen hat.« Tanja zwinkerte. »Das hat er allerdings öfter. Besonderes bei unseren Spaziergängen. Hierbei läuft Espresso übrigens immer am Ende der Kolonne. Er ist sehr aufmerksam und passt zuverlässig auf, dass sich ja kein Feind von hinten nähert.«
Pia grinste. »Sehr sympathisch, ich bin auch nicht so gerne vorne dabei.«
»Dann könntest du mit Espresso ein ideales Team bilden«, sagte Hanna. »Wo wir beim Thema wären. Ich schlage vor, ich lasse die Alpakas nun auf den Platz hier raus, ihr lernt unsere Jungs ein bisschen kennen und findet euch dann zusammen.«
Tanja lachte. »Und ich bin sozusagen die Oberalpakachefin, ich werden ganz vorne laufen, ohne Alpaka.«
»Ich hole die Halfter und Führstricke«, sagte Hanna und lief zu einem kleinen Schuppen außen an der Stallwand.
Don Alfonso war während Tanjas Rede immer näher an die Stelle des Gatters gekommen, an der Sylvie stand. Mit nach vorne gestellten Ohren sah er die Frau aufmerksam an.
Sylvie lächelte. »Hast du schöne Augen!«
Marie lachte leise. »Das kenne ich irgendwoher. Ich glaube, das nächste Team hat sich schon gefunden.«

Zwanzig Minuten später waren die fünf Alpakas mit Hilfe von Hanna und Tanja aufgehalftert.

Pia hielt Espresso am Führstrick, Sylvie Don Alfonso.
Während sich die drei !!! im Hintergrund gehalten hatten, hatte sich Anne mit Balu zusammengetan.
Tim stand nun zwischen Franzi und Marie und sah zufrieden von einer Seite zu anderen.
Tom hatte Kims Nähe gesucht, und weil Kim sich ein bisschen unsicher fühlte, hatte Hanna versprochen, auf der anderen Seite mitzugehen.
So waren schließlich alle zufrieden.
Tanja verteilte die LED-Laternen und öffnete das Gatter zur oberen Weide. Die Gruppe machte sich auf den Weg.
Marie hatte Franzi das Führen von Tim überlassen und lief neben den beiden her. Sie beobachtete aufmerksam die Umgebung. Langsam senkte sich die Sonne dem Horizont entgegen. Als sie den Waldrand erreicht hatten, schien ein glutroter Feuerball in das Dunkelgrün der Blätter einzutauchen. Die Laternen verbreiteten ein sanftes milchiges Licht.
Marie war überrascht, wie zügig sie vorankamen. Weder foppten sich Tim und Tom noch legte Balu sich hin. Es war alles äußerst friedlich.
»Wir kommen ja super voran«, sagte Tanja. »So gut geht es selten.« Sie bog links in eine breite Schneise ein, die durch den Wald führte.
»Wir sind eben einfach optimale Teams!« Sylvie, die hinter Tanja lief, lächelte Don Alfonso glücklich an. Das Alpaka spitzte die Ohren in ihre Richtung.
Plötzlich blieb Balu stehen, schnupperte am moosbedeckten

Boden – und legte sich hin. Er wälzte sich freudig hin und her. Anne lachte. »Nun also doch!«
»Ja, und ich finde, das gehört einfach dazu«, sagte Hanna. »Man muss nicht immer schnell von A nach B kommen. Das Vergnügen liegt manchmal mitten auf dem Weg. Das zeigen dir die Alpakas.«
Marie stellte fest, dass Hanna gar nicht mehr angespannt wirkte. Und sie selbst fühlte auch gerade eine angenehme Ruhe in sich.
»Hanna, du hast recht«, stimmte Pia zu. Sie war mit Espresso näher herangekommen. Im Licht ihrer Laterne konnte Marie sehen, dass ein nervöses Zucken um ihren Mund spielte. »Aber ich habe da gerade einen merkwürdigen Schatten gesehen.«
Sie deutete zu Espresso, der die Ohren nach hinten gestellt hatte und den Hals hoch aufreckte.
»Espresso ist unruhig. Wittert er Gefahr?«
Tanja strich Pia über die Schulter. »Er spürt wahrscheinlich deine Nervosität. Bist du sicher, dass da etwas war?«
Pia zuckte mit den Schultern. »Ich habe ein Geräusch hinter uns gehört. Ich weiß, im Wald knackt es öfter. Aber, als ich mich umgedreht habe, war da ein blaues Leuchten. Das Leuchten ist verschwunden und dann ist ein Schatten hinter einen Baum gehuscht.«
Die drei !!! sahen sich alarmiert an.
»Wo war das?«, fragte Marie.
Pia deutete zu einer Eiche mit einem mächtigen Stamm.
Franzi drückte Marie Toms Führstrick in die Hand und lief

langsam darauf zu. Im nächsten Moment erklang ein schriller, ohrenbetäubender Pfeifton. Franzi ging in die Knie und schlug die Hände vor die Ohren.

Pia schrie auf und riss die Arme hoch. Ihre Laterne fiel mit einem dumpfen Poltern zu Boden und rollte über den Waldweg. Espresso stieß einen quietschenden Laut aus.

Marie versuchte, ruhig zu bleiben, sie hielt den Führstrick fest in der Hand und murmelte: »Alles gut, Tom, ganz ruhig.« Das Alpaka stand starr da und spielte nervös mit den Ohren.

Balu hatte sich vom Boden hochgerappelt und fing ebenfalls an zu quietschen. Er zerrte am Führstrick, Anne hielt ihn zum Glück gut fest.

Der schrille Pfeifton war längst verstummt, aber in einer Kettenreaktion begann nun ein Alpaka nach dem anderen, in den Chor hoher Quietschtöne einzustimmen.

Kim und Hanna versuchten vergeblich, Tim zu beruhigen. Hanna musst den Strick sehr gut festhalten.

Don Alfonso trippelte auf der Stelle und wollte sich losreißen. Sylvie sprach beruhigend auf den Hengst ein.

»Das ist echter Alpaka-Alarm. Jetzt sind alle bereit zur Flucht«, sagte Tanja mit bemüht ruhiger Stimme. »Versucht, gelassen zu bleiben. Unsere Aufregung würde die der Tiere nur verstärken. Und lasst es zu, wenn sie dichter aneinander wollen. Das gibt ihnen Sicherheit.«

Franzi richtete sich wieder auf. Plötzlich stieß sie einen leisen Schreckensruf aus und deutete zur Seite. »Espresso hat sich losgerissen!«

Marie sah, dass das Alpaka sich einige Meter von der Gruppe entfernt hatte, und auf einer kleinen Lichtung stehen geblieben war.
»Ich hatte ganz zittrige Beine, ich bin gestolpert und habe aus Versehen losgelassen!«, rief Pia verzweifelt. Tränen glitzerten in ihren Augen. »Was machen wir jetzt?«
»Bleibt ganz ruhig stehen«, sagte Tanja leise. »Ich versuche, Espresso zurückzuholen.«
Kim winkte Marie. »Versuch dein *Möhp*!«
Marie konzentrierte sich. Sie holte tief Luft, spannte die Bauchdecke an und formte den Laut möglichst weit hinten in ihrer Kehle. Ihr gelang tatsächlich ein warmer, satter Ton. Sie wiederholte ihn einige Male.
Langsam wurden die Quietschtöne der Tiere leiser. Dann sah Don Alfonso zu Marie, reckte den Hals, und möhpte zurück.
Tanja war unterdessen langsam weiter zur Lichtung gelaufen.
Espresso hatte ebenfalls aufgehört, Paniktöne von sich zu geben. Ohrenwackelnd machte er leise *möhp*.
Gespannt beobachtete Marie, wie Tanja sich dem Alpaka immer weiter annäherte.
Plötzlich wich Espresso aus und lief einige Schritt zur Seite. Er stand nun ganz in der Nähe von Franzi. Als er seinen Blick auf Don Alfonso heftete, beugte sich Franzi vor und erfasste langsam den vom Halfter baumelnden Strick.
»So, mein Freund«, sagte sie mit sanfter Stimme. »Jetzt gehen wir zurück zu unserer Herde.«
Marie atmete erleichtert auf. Sie klatschte sich mit Kim ab. Oh-

ne ihre Freundin hätte sie im Schreckensmoment vorhin nicht an die magischen Möhplaute gedacht!
Tanja nickte ihnen erleichtert zu.

Pfeifender Leuchtgeist

»Das ist unheimlich«, sagte Christian. Er setzte den Löschdeckel auf die Feuerschale. »Das im Wald war doch garantiert derselbe Typ, der nachts beim Stall war und die beiden Sabotageakte verübt hat. Wer ist das, und, vor allem, warum macht er das alles? Ich hoffe, das wird nicht noch schlimmer!«

Tanja schluckte hörbar. »Ich habe das übrigens vorhin lieber nicht gesagt, um unsere drei Teilnehmerinnen nicht noch mehr zu beunruhigen. Aber die Situation, die dieser pfeifende Leuchtgeist hervorgerufen hat, war wirklich nicht ohne. Wenn Espresso weitergelaufen wäre, hätte es gefährlich werden können. Die viel befahrene Bundesstraße grenzt an den Wald.«

Marie stellte die letzte benutzte Kakao-Tasse in die Kiste mit dem schmutzigen Geschirr und sah ihre Freundinnen an: »Wir müssen diesen fiesen Typen schnellstens erwischen!«

Franzi schnaubte. »Ich ärgere mich so über mich selbst. Ich war doch schon ganz in seiner Nähe! Wenn ich schneller bei der Eiche gewesen wäre, dann hätte ich ihn womöglich gefasst. Aber ich war mit Espresso beschäftigt.« Sie pickte ein paar

Kletten von ihrem Hosenbein und zerkrümelte sie zwischen den Fingern. »Das war in dem Moment wichtiger.«

»Allerdings!« Tanja sah zuerst Franzi, dann Marie ernst an. »Ihr habt wirklich toll reagiert. Die Idee, die Beruhigungslaute der Alpakas zu imitieren, war genial.« Sie lächelte. »Und die Töne so gut hinzukriegen, wie Marie es geschafft hat, das ist einfach großartig!«

Insgeheim wunderte sich Marie ein bisschen. Sie hatte durch ihren Gesangsunterricht zwar eine geschulte Stimme, aber dass sie die Töne der Alpakas so gut nachmachen konnte, hatte sie doch überrascht.

»Zum Glück ist alles gut ausgegangen und keins der Tiere hat sich verletzt«, fuhr Tanja fort. »Sie haben sich auch recht schnell beruhigt. Ich habe vorhin im Stall nach ihnen gesehen. Sie haben zufrieden ihre extragroßen Portionen Kräuterleckerli gefuttert.«

Hanna seufzte. »Und die drei Frauen haben sich bei unserer Glückskakao-Runde im Pavillon auch wieder gut erholt, glaube ich.« Sie lachte. »Das Rezept mit der Prise Zimt wirkt einfach beruhigend.«

Tanja klappte den Deckel der Kühlbox zu. »Pia sagte, dass wir zur Polizei gehen sollten, wenn solche Sachen hier passieren. Ich überlege, ob wir das nicht tatsächlich tun.«

»Ihr könntet natürlich Strafanzeige gegen Unbekannt stellen«, schlug Kim vor. »Allerdings gibt es bislang keine wirklich aussagekräftigen Spuren oder Hinweise auf den Täter. Es ist die Frage, wie schnell dann gehandelt wird. Ich nehme an, man wird euch sagen, dass ihr zunächst Überwachungskameras installieren solltet. Damit ihr Beweisbilder zur Verfügung stellen könnt.«

»Die Kameras kommen ja auch.« Christian seufzte. »Nur leider erst am Montag.«

Hanna sah sich plötzlich unbehaglich um. »Meint ihr eigentlich, der Typ beobachtet uns die ganze Zeit?«

Christian zog die Augenbrauen hoch. »Simon und ich sind während eures Spaziergangs und des Kakaoumtrunks auf dem Hof unterwegs gewesen. Wir haben genau aufgepasst. Da war niemand.«

»Hoffentlich.« Hanna sah die drei !!! an. »Ich finde es jedenfalls beruhigend, dass ihr hier seid und wir zusammen heute Nacht den Stall bewachen!«

»Tanja und ich werden uns übrigens mit euch im Wintergarten einquartieren«, sagte Christian. »Sollte etwas passieren, sind wir von dort schneller beim Stall als von der Wohnung aus.«

»Das ist gut«, sagte Hanna. »Simon hat mir vorhin geschrieben, dass er schon im Wintergarten Position bezogen hat.«

»Dann machen wir das jetzt auch«, sagte Kim leise.

Sie packten die Sachen zusammen und schlugen den Weg zum Haupthaus ein. Er war von kleinen Solarlichtern gesäumt. Ihr helles Strahlen ließ die sie umgebende Nacht wie ein dichtes schwarzes Samttuch wirken.

Marie spürte das bekannte Kribbeln in der Magengegend. Würde der Unbekannte heute Nacht wieder zum Stall kommen?!

Detektivtagebuch von Kim Jülich
Freitag, 22:35 Uhr

Wir befinden uns gerade mit Tanja, Hanna und Christian Stetter sowie Hannas Freund Simon im Wintergarten und observieren abwechselnd, in Zweier- und Dreierteams, den Alpaka-Stall.

Bis jetzt ist nichts passiert. Ich weiß gar nicht, ob ich mir wünsche, dass das so bleibt oder dass der Typ noch mal kommt und wir ihn uns schnappen können und er dann einiges zu erklären hat!!!

Eben haben Hanna und Simon uns drei Detektivinnen abgelöst. Eigentlich wären Tanja und Christian mit dem Wachdienst dran gewesen. Aber sie waren einfach nicht zu wecken, sie schlafen wie die Steine.

Auch Franzi und Marie sind sofort weggeschlummert, kaum hatten sie sich in ihre Schlafsäcke eingemummelt. Ich bin zwar hundemüde, aber ich kann trotzdem nicht schlafen. Mir geht so viel im Kopf herum!

Gerade merke ich, dass ich mal die Fakten aufschreiben sollte. Also, eins nach dem anderen und am besten ganz von vorne:

Die Alpaka-Farm, die Tanja und ihre Familie betreiben, wird gerade sabotiert! Es fing letzte Nacht mit einem ungebetenen Besucher an, der sich am Stall herumgetrieben hat, dann lagen Weintrauben und Brot auf der Weide (beides fast wie Gift für Alpakas!), das Begrüßungsschild wurde mit dickem Marker vollgeschmiert (wenigstens nicht wasserfest, sodass Christian die Farbe schon abgekriegt hat und das Schild wieder hängt), und gerade erst vor wenigen Stunden hat ein ›pfeifender Leuchtgeist‹ große Unruhe während einer Wanderung reingebracht. Es ist die totale Alpaka-Panik entstanden. Zum Glück ist keinem der Tiere und auch keinem Menschen etwas passiert! Wie gut, dass Marie so toll Beruhigungslaute von Alpakas nachmachen kann.

Es ist anzunehmen, dass all die Sabotageakte von ein und derselben Person verübt worden sind. Allerdings ist die Beschreibung, die Oliver von dem Eindringling gegeben hat, sehr dürftig. Er konnte nur sagen, dass die Gestalt einen dunklen Kapuzenpulli getragen hat. Wir müssen morgen, wenn Oliver aus der Klinik kommt, unbedingt mit ihm reden.

Es ist wirklich ärgerlich, dass wir überhaupt keine Spuren am Stall finden konnten. Und vorhin im Wald auch nicht. Wir haben mit den Laternen und unseren Handylampen eine wahre Flutlichtanlage geschaffen, um den Boden bei der Eiche genau untersuchen zu können. Das Ergebnis: ein verschrecktes Eichhörnchen (echt sorry noch mal!), Schwärme von Nachtfaltern (ja, auch sorry, aber trotzdem nervig!) und jede Menge Klettfrüchte, die sich in den Stoff von unseren Hosenbeinen gehängt haben (nur nervig!!). Und das war's auch schon (super nervig!!!).

Beim Stichwort Hosenstoff fällt mir gerade ein, dass wir doch eine Spur haben. Wie konnte ich das vergessen? Marie hat am Begrüßungsschild ein ausgerissenes Stückchen Stoff gefunden, das von der Kleidung des Täters stammen könnte. Ich fürchte, das bringt uns zunächst auch nicht weiter. Es sei denn, der Zufall bringt eine Person vorbei, die ein weißes T-Shirt mit buntem Pünktchenmuster und Loch darin trägt.

Der einzige Verdächtige, den wir bislang haben, ist Erwin Reuter. Er wohnt in einem Haus, das in unmittelbarer Nähe zur Weide steht, und hat sich sehr über die Besucher der Farm beschwert, weil etliche einen Privatweg benutzen, der an seinem Rosengarten vorbeiführt. Außerdem scheint er den Mann mit der Kapuzenjacke zu kennen. Juliane hat die beiden jedenfalls zusammen auf dem Parkplatz gesehen. Hat Erwin Reuter womöglich den Typen engagiert, um die Farm zu sabotieren? Es ist wirklich zu blöd, dass dieser Herr Reuter für uns gerade nicht greifbar ist. Er ist übers Wochenende bei seinem Sohn. Na, mal sehen, ob wir dem Kapuzenmann auch so auf die Spur kommen!

Es gibt übrigens noch eine Nebenbeschäftigung für uns: Wir werden Tanja helfen, ein paar fehlende alte peruanische Ausgrabungsgegenstände aus der Sammlung ihrer verstorbenen Tante Dr. Irene Reusch zu suchen. Wahrscheinlich ist einfach etwas durcheinandergekommen. Aber womöglich gibt es einen geheimen Ort, an dem Dr. Reusch diese Sachen versteckt hat?! Eine geheime Kammer hinter dem Bücherregal? Das ist schon eine ziemlich abenteuerliche Annahme. Aber sie gefällt mir sehr. 😉
Hanna hat gerade vorhin gesagt, dass sie immer noch meint, eine vage Erinnerung daran zu haben, dass ihre Großtante ihr eine geheime Kammer gezeigt hat. Ja, Erinnerung kann trügen. Aber es kann auch was dran sein. Mal sehen. Als Detektivinnen wissen wir, es gibt die verrücktesten Sachen auf der Welt!
Absoluten Vorrang hat natürlich die Aufklärung der Sabotageakte auf der Farm hier. Wir haben vorhin ausgemacht, dass wir morgen Vormittag die Alpaka-Meditations-Stunde beobachten und die Augen sehr genau offen halten. Womöglich schlägt der Saboteur dort erneut zu?!
Wir wollen der Familie Stetter unbedingt helfen. Sie sind alle drei unheimlich nett und haben mit Alpaka-Glücksweiden etwas ganz Tolles geschaffen!
Am Stall ist es bis jetzt ruhig geblieben, und eben hat Hanna es doch geschafft, ihre Eltern zu wecken. Tanja und Christian übernehmen die nächste Schicht.
Ich kann immer noch nicht schlafen, dann schreibe ich eben weiter.

Geheimes Tagebuch von Kim Jülich
Freitag, 23:48 Uhr

► Ben und Lukas! Wenn ihr hier heimlich mitlest, werde ich dafür sorgen, dass ihr bald zwischen zwei Alpakas steht, die gerade ums Futter streiten. Lasst euch überraschen. ◄

Heute Nachmittag sind mir meine Brüder zusammen mit Davids kleiner Schwester Adele über den Weg gelaufen. Die drei sind seit dem letzten Fest bei Davids Mutter dick befreundet. Heute gab es aber große Aufregung, weil sie eigentlich Bluschwebrüscha schließen wollten. Das ist die Abkürzung für Blutsschwesternbrüderschaft, also die Erweiterung von Blutsbrüderschaft, haben sie mir erklärt. Adele hatte sich schon in den Finger gepikt und etwas Blut rausgequetscht, aber meine Brüder hatten plötzlich Schiss und sind abgehauen. Adele ist hinterher und hat gerufen: »Gebt euer Blut, wir sind DDR – Die drei Retter, wir gehören zusammen!« Dann haben sie das mit der Blutgeschichte erst mal vergessen und von ihrem neuen Tier- und Umweltretterclub erzählt. Ich finde das ja super. Aber ich habe ihnen empfohlen, eine andere Abkürzung zu suchen. Weil DDR ja auch Deutsche Demokratische Republik bedeutet, und das könnte für manche Leute verwirrend sein. Ich glaube, sie haben es nicht ganz verstanden, wollen aber noch mal überlegen. Na ja, sollen sie das erst mal mit ihrer Blutsvergeschwisterung auf die Reihe kriegen, ein Clubname findet sich bestimmt irgendwann.

Dann ist da noch etwas: Marie hat vorhin erzählt, dass sie heute Nachmittag zufällig Holger getroffen hat. Genau genommen, hat er sie mit seinem Fahrrad beinahe überfahren ... Er war völlig aufgelöst und hat nicht aufgepasst. Holger war auf dem Weg zum Campingplatz, um dort zu übernachten. Der neue Freund seiner Mutter ist wegen eines Wasserschadens in seiner Wohnung für mehrere Tage bei ihnen eingezogen. Das nervt Holger total. Marie hat ihm spontan das Gästezimmer bei sich zu Hause angeboten, weil sie helfen wollte.

Ich finde das sehr nett von ihr. Aber Marie macht sich jetzt immer mehr Gedanken, wie das wird, wenn ihr Ex-Freund bei ihr zu Hause beim Essen dabei ist und so. Er kann ja nicht die ganze Zeit im Gästezimmer sitzen. Außerdem befürchtet Marie, dass sie Holger einfach überrumpelt hat, er muss ziemlich verunsichert ausgesehen haben. Jedenfalls ist sie froh, dass sie heute Nacht nicht bei sich zu Hause

ist. Die nächsten Tage muss sie einfach gucken, wie es läuft. Ach, Marie wird das schon hinkriegen!
Ich sehe gerade, dass David mir geschrieben hat. Er wünscht mir schöne Träume und hat ganz viele Herzchen geschickt. So süüüß!!! Ich muss gleich zurückschreiben!

Einatmen und ausatmen

Marie schreckte aus dem Schlaf. War da ein lauter Knall gewesen? Oder hatte sie schlecht geträumt? Verwirrt blickte sie sich um. Die Sonne schien durch die großen Fenster des Wintergartens. Staubpartikel tanzten in hellen Lichtstrahlen. Die anderen waren nicht mehr da. Ihre Schlafsäcke lagen wie leere zerknitterte Wurstpellen auf den Isomatten.
Marie sah auf ihr Handy, es war schon nach 9:00 Uhr, verdammt. Sie entdeckte eine Nachricht von Kim:

Guten Morgen, Schlafmütze! Das Bad ist, wenn du den Flur links raufgehst, hinter der zweiten Tür. Frühstück in der Küche. Bis jetzt alles okay auf dem Hof. Ein dickes Möhp von Blanca auf der Weide!

Marie lächelte und schrieb zurück:

Komme!

Sie schlüpfte schnell in ihre Wechselklamotten, zog sich die Schuhe an und machte eine Katzenwäsche im Bad. Die Haare band sie sich zum Pferdeschwanz und trug etwas Lipgloss auf. Das musste heute reichen, sie war schon spät genug dran.
Als Marie die Küche betrat, erschrak sie.
Kim und Franzi saßen mit Hanna und Christian am Tisch und machten besorgte Gesichter. Die bunten Müslischalen vor ihnen waren noch halb gefüllt.
»Guten Morgen, Marie!«, sagte Kim. »Du hast so fest geschlafen, wir wollten dich nicht wecken.«
»Danke! Und guten Morgen allerseits!« Marie nickte eilig. »Ist jetzt doch wieder etwas passiert? Ihr seht alle so ernst aus.«
Christian seufzte. »Mit den Alpakas ist alles in Ordnung. Tanja, Simon und ich haben die Weiden kontrolliert und die Tiere aus dem Stall gelassen. Aber Heiko Brenner, Simons Vater, ist hier wutentbrannt aufgetaucht und hat das Haus gerade wieder türenschlagend verlassen. Mit Simon.«
Jetzt wusste Marie, was die Ursache des Knalls war, der sie geweckt hatte.
»Er war sehr ungehalten, weil er gemerkt hat, dass sein Sohn über Nacht nicht zu Hause war, sondern hier übernachtet hat.« Christian rührte in seinem Müsli. »Ich war davon ausgegangen, dass Simon seinen Eltern Bescheid gegeben hat. Hat er aber nicht. Das war nicht in Ordnung.«
Hanna nahm einen Löffel von ihrem Müsli. »Und ich habe nicht gewusst, dass Herr Brenner wirklich so ein riesengroßes Problem damit hat, dass Simon hier bei uns gerne hilft.«

»Ich denke, es verletzt ihn, dass sein Sohn kein Interesse am elterlichen Hof hat.« Christian sah Hanna an. »Um ehrlich zu sein, ich müsste auch ganz schön an mir arbeiten, wenn du Alpakas nicht mögen und dafür lieber bei den Brenners auf dem Hof arbeiten würdest.«

»Na ja, Papa! Aber wir würden darüber reden, und du würdest auch keine Türen zuschlagen, und, ach, ich weiß auch nicht. Jedenfalls bin ich froh, dass es bei uns anders ist.«

Christian lächelte seine Tochter an. »Das finde ich auch.«

Dann sah er zu Marie. »Wir lassen dich hier die ganze Zeit rumstehen. Wie unhöflich! Komm, setz dich doch.« Er zeigte auf den Platz neben Hanna und auf das gefüllte Schälchen auf dem Tisch. »Es gibt selbst gemachte *Overnight Oats*. Oder traditionell gesagt: *Bircher Müsli*!«

»Danke! Das sieht lecker aus!« Marie setzte sich.

Hanna griff nach ihrem Löffel, doch plötzlich hielt sie inne. »Sagt mal«, sie zögerte kurz, um dann mit leiser Stimme fortzufahren, »meint ihr, es könnte sein, dass Simons Vater so eine Wut auf die Alpaka-Farm hat …«, wieder zögerte sie, »dass er für diese Sachen verantwortlich ist?«

»Du denkst, er könnte der Saboteur sein?« Christian zog die Augenbrauen hoch. »Also, ich weiß nicht.«

Hanna blinzelte unsicher. »Er hatte einen Kapuzenpulli an.«

»Ja, schon«, sagte Franzi. »Aber diese Dinger trägt doch heutzutage fast jeder. Und Oliver hat die Gestalt auch als groß und sportlich beschrieben. Herr Brenner ist relativ klein und eher hager.«

Kim klimperte leise mit dem Löffel gegen ihre Müslischale. »Die Wahrnehmung der Erscheinung einer Person hängt oft von der Situation ab. Vielleicht wirkte die Gestalt auf Oliver groß und kräftig, weil es dunkel war oder weil Oliver Angst hatte oder so.« Sie runzelte die Stirn. »Man muss schon sagen, dass Herr Brenner ein Motiv hätte. Ob er wirklich der Täter ist, steht auf einem anderen Blatt.« Kim zog ein kleines Notizbuch und einen Bleistift aus ihrer Hosentasche und schrieb sich schnell etwas auf. »Wir sollten Simons Vater genauer unter die Lupe nehmen.«

Christian sah die drei !!! unsicher an. »Mir wäre es nicht so recht, wenn ihr Heiko Brenner auf dieses Thema ansprecht. Versteht mich nicht falsch, aber das ist schon ein heftiger Verdacht, und ich will nicht, dass Heiko sich noch mehr über uns ärgert.«

Marie nickte. »Wir würden ihm natürlich nicht auf den Kopf zusagen, dass wir ihn für den Saboteur halten. Wir sind schließlich Profis.«

»Okay, dann verlasse ich mich darauf, dass ihr das Richtige tut.« Christian sah zur Uhr am Herd. »Ich muss los. Gleich findet ein Fotoshooting mit einem Hochzeitspaar statt. Ich muss noch einiges am Pavillon und meine Ausrüstung vorbereiten.« Er begann, eilig seine Müslischale auszulöffeln.

Hanna hatte die irritierten Blicke der drei !!! bemerkt. »Papa ist gelernter Fotograf. Er hatte die Idee, Shootings anzubieten, bei denen sich die Leute mit unseren Alpakas fotografieren lassen können. Das kommt richtig gut an.«

»Das ist ja eine tolle Idee«, sagte Marie. Sie nahm sich vor, später einen Termin für Fotos zusammen mit Blanca auszumachen. Christian nickte und stand auf. »Wir sehen uns!« Er winkte und eilte zur Tür hinaus.
Hanna begann ebenfalls, eilig ihr Müsli aufzuessen. Sie kaute, schluckte und sagte: »Ich mache jetzt noch die Köttelplätze auf der oberen Weide sauber. Danach sehe ich, ob meine Mutter Hilfe im Hofladen braucht.« Sie nickte den drei !!! zu. »Danke, dass ihr die Alpaka-Meditation beobachtet! Ich hoffe sehr, es passiert nichts mehr, aber man weiß nie.«
Die drei !!! nickten gleichzeitig.
»Wo findet die Stunde denn statt?«, wollte Kim wissen.
»Auf dem kleinen Wiesenstück an der Hecke, die an den Rosenpavillon angrenzt. Ihr könnt es eigentlich nicht verfehlen. Die Alpaka-Mädels warten schon und summen vor sich hin.«
Hanna trug ihre Müslischale zur Spüle und lief schnell weiter zur Tür. »Bis später dann!«
Fünf Minuten später hatten auch die Detektivinnen ihr Frühstück verspeist und jede eine Tasse Kakao getrunken.
Franzi sprang auf. »Die Meditation fängt gleich an.«

Als Marie aus der offen stehenden Haustür trat, stieß sie beinahe mit Juliane zusammen. Die junge Frau trug Laufkleidung und Sportschuhe und an ihren Schläfen kringelte sich das verschwitzte Haar. »Hallo, ihr drei!«, rief sie gut gelaunt.
Julianes Energie beeindruckte Marie auf der Stelle. Sie nahm sich vor, wieder regelmäßiger laufen zu gehen.

Plötzlich verdunkelte sich Julianes Blick. »Tanja hat mir erzählt, was gestern im Wald los war. Das ist krass. Was hat dieser Typ gegen die Alpakas und die Farm?«
»Das werden wir hoffentlich bald herausgefunden haben«, sagte Marie schnell. »Bitte entschuldige, wir müssen zur Alpaka-Meditation. Wir wollen da ein Auge drauf haben.«
Juliane nickte. »Das ist sehr gut!« Sie schnippte mit dem Finger. »Übrigens, ich hole Oliver nach dem Mittagessen aus der Klinik ab. Dann könnt ihr vielleicht noch mal mit ihm reden. Womöglich fallen ihm doch noch Details von Freitagnacht ein.«
»Das wäre super«, sagte Kim und winkte. »Wir müssen los!«

Das leise Summen der Alpakas war schon aus der Entfernung zu hören. Eine menschliche Stimme intonierte dazu: »Und einatmen, und ausatmen.« Die Meditations-Runde war in vollem Gang, als die Detektivinnen die Wiese erreichten.
Sie verständigten sich kurz. Marie blieb am Kopfende der Wiese stehen. Von hier hatte sie eine gute Sicht auf das untere Weideland und den Feldweg, der am Hof entlangführte. Franzi lief langsam zur linken Seite, Kim zur rechten. In einiger Entfernung von den Gattern, die die Wiese einzäunten, ließen sich die Mädchen jeweils nieder.
Marie setzte sich im Schneidersitz hin. Das Gras war trocken und die Temperatur für den späten September ausgesprochen warm und angenehm. Sie ließ ihren Blick konzentriert über die Gruppe, die Alpakas und die Umgebung schweifen.

Der Meditationslehrer saß im Lotussitz in der Mitte der Wiese. Mit geschlossenen Augen erzählte er vom unendlichen Himmel, der sich über allem spannte, der Sonne, die wärmende Strahlen schickte, und der weichen Luft, die die Haut umschmeichelte. Er breitete die Arme aus und legte den Kopf in den Nacken. »Und tief einatmen … und langsam wieder ausatmen.«

Die Teilnehmer, Marie zählte zwei Männer und sieben Frauen und Mädchen, lagen mit dem Rücken auf dünnen Matten und hatten die Augen ebenfalls geschlossen. Arme und Beine hatten sie locker von sich gestreckt.

Die Alpakastuten liefen gemächlich grasend zwischen den Liegenden, blieben manchmal stehen und schnupperten an Füßen und Händen, ohne sie jedoch zu berühren. Über allem lag das beruhigende Summen der Tiere.

Blanca schlenderte an einer jungen Frau in einem rosa Yogaoutfit und einem älteren Mann im blauen Jogginganzug vorbei und kam näher zum Gatter. Sie sah Marie an und summte dabei weiter. Einen Möhplaut gab sie nicht von sich, so wie die anderen Stuten auch nicht. Fast schien es, als achteten die Alpakas darauf, die friedlich vor sich hin dösenden Menschen nicht zu stören.

Aus dem Augenwinkel bemerkte Marie plötzlich eine Bewegung. Sie sah schräg hinter sich.

Christian lief mit einem jungen Paar auf den schmalen Weg zu, der zum Pavillon führte. Die Frau trug ein schönes cremefarbenes Kleid mit weit ausgestelltem knielangem Rock und schmalem Oberteil. Ihren Schleier hatte sie zusammengerafft und unter den Arm geklemmt. Der Mann hatte einen taubenblauen Anzug und ein weißes Hemd mit Stehkragen gewählt. Die beiden sahen richtig gut aus, fand Marie. Das würden tolle Fotos werden. Sie zuckte zusammen, sie hatte hier eine Aufgabe und durfte nicht vor sich hin träumen!

Schnell schaltete Marie wieder in den Detektivinnenmodus.

Hinter Franzi befand sich die Hecke, die den Rosenpavillon abschirmte. Dort würde sich der Saboteur kaum verstecken können, ohne von Christian entdeckt zu werden. Hinter Kim stand eine Gruppe von Bäumen mit lang herabhängenden, dicht belaubten Ästen. Hier konnte sich durchaus jemand verdeckt anschleichen. Vielleicht stand der Typ auch schon längst da und wartete auf einen passenden Augenblick, um loszuschlagen?

Der Meditationslehrer wiederholte: »Einatmen und ausatmen.«

Marie kniff die Augen zusammen. Hatte sich eben etwas im Gras zwischen den Bäumen hinter Kim bewegt? Robbte jemand auf dem Boden heran?

Sie gab ihrer Freundin ein Zeichen, hinter sich zu sehen.

Kim verstand nicht. Marie gestikulierte wild. Dann erkannte sie, dass zwei grau-braun getigerte Katzen miteinander im Gras balgten.

Sie zeigte Kim Entwarnung.

Im nächsten Moment bemerkte Marie, dass sich Franzi erschrocken nach hinten gedreht hatte, als hätte sie etwas in der Hecke wahrgenommen. Sie winkte Marie und Kim zu sich.

Der Meditationslehrer hatte die Augen geöffnet und sah irritiert zu Franzi. Die Alpakastuten blickten den Mann neugierig an. Die Meditationsteilnehmer hingegen bemerkten nichts, tiefenentspannt lagen sie regungslos auf ihren Matten.
Während Marie schnell aufstand, begann ihr Herz heftig zu klopfen. Was hatte Franzi so alarmiert?

Eine ordentliche Spur

»Hinter der Hecke hat jemand leise aufgeschrien«, sagte Franzi aufgeregt, als Marie und Kim bei ihr angekommen waren. »Und dann hat jemand etwas von *Blut* gesagt.«

Kim atmete scharf aus. »Auf der anderen Seite ist der Rosenpavillon. Dort ist Christian mit dem Hochzeitspaar!« Kim lief ein Stück an der Hecke entlang und schlüpfte an einer lichten Stelle hindurch. Marie und Franzi folgten ihr schnell.

Christian stand mit dem Rücken zu ihnen. Er fuhr erschrocken herum, als die Mädchen durchs Gebüsch brachen, und stieß einen Schrei aus.

Dann erkannte er die Detektivinnen. »Meine Güte, habt ihr mich erschreckt. Aber, ihr kommt genau richtig.«

Ein Quietschlaut ertönte, ein weiterer folgte.

Tim und Tom, die neben dem Eingang zum Pavillon angebunden waren, tänzelten nervös hin und her. Das Hochzeitspaar blickte irritiert um sich.

Marie konzentrierte sich, holte tief Luft und schaffte mehrere gelungene Möhplaute.

Innerhalb kürzester Zeit ließen sich Tim und Tom beruhigen.
»Beeindruckend«, sagte Christian. »Tanja und Hanna haben mir schon von deiner Begabung erzählt.«
Das Hochzeitspaar sah ungläubig zwischen Marie und den beiden – nun ruhigen – Alpakas hin und her.
»Also«, sagte Franzi ungeduldig. »Was ist passiert?«
»Ich verstehe das nicht«, murmelte Christian. »Ich hatte hier alles vorbereitet. Dann war ich für maximal zehn Minuten weg, weil ich am Brunnen auf Lise und Johann, das Hochzeitspaar, gewartet habe.« Christian runzelte die Stirn. »In dieser Zeit muss jemand hier gewesen sein!« Er wies mit dem Kinn zum Pavillon. »Dadrinnen ist eine ziemlich große Pfütze ...«
»Was ist hier eigentlich los?«, unterbrach ihn eine verärgerte Stimme.
Der Meditationslehrer war durch die Lücke im Gebüsch gestiegen. Er klaubte sich ein Blatt aus seinen dunklen Haaren, stemmte die Hände in die Seiten und sah die drei !!! erbost an. »Was treibt ihr hier? Als ihr vorhin zugeguckt habt, ohne vorher zu fragen, fand ich das schon nicht in Ordnung. Aber dann herumlaufen und schreien, das geht gar nicht. Die Alpakas sind nervös geworden, wir mussten die Meditation abbrechen. Ich werde gleich eine extralange Entspannungsübung dranhängen müssen.« Der Mann schüttelte den Kopf. »Christian, du kannst nicht irgendwelche Kinder unbeaufsichtigt auf der Farm rumlaufen lassen!«
Marie zog die Augenbrauen hoch. Bevor sie etwas sagen konnte, schaltete sich Christian ein. »Die Mädchen haben mit dem

Schrei nichts zu tun, Patrick, das war ich. Und sie haben mit meinem Einverständnis deine Meditationsstunde beobachtet. Es tut mir leid, ich habe vergessen, dir vorher Bescheid zu geben.«
Patrick sah verständnislos in die Runde. »Warum lässt du mich beobachten?«
Christian schüttelte den Kopf. »Wir haben es seit Freitagnacht mit einem Saboteur auf der Farm zu tun. Oliver musste wegen ihm sogar ins Krankenhaus. Wir haben befürchtet, dass auch bei deiner Meditation etwas passieren könnte.«
»Darum haben wir aufgepasst«, ergänzte Marie. »Meine Freundinnen und ich sind Detektivinnen. Wir wollen diesen Saboteur dingfest machen.«
»Wie krass ist das denn!«, rief Patrick. »Wie geht es Oliver?«
»Er hat eine Gehirnerschütterung«, sagte Christian. »Zum Glück kann er aber heute schon wieder nach Hause.«
Patrick nickte stumm.
»Ich habe gerade eine rote Flüssigkeit auf dem Boden des Pavillons entdeckt«, erklärte Christian. »Es sah auf den ersten Blick aus wie Blut.«
»Zum Glück ist es aber keins«, schaltete sich der Bräutigam ein. »Das ist eindeutig Himbeersirup. Der Geruch ist unverkennbar.«
Die Braut runzelte die Stirn. »Aber es sieht fies aus.«
Christian hob bedauernd die Hände. »Es tut mir sehr leid, dass das passiert ist. Ich putze das schnell weg und dann können wir das Shooting machen. Oder wollt ihr lieber für einen anderen Tag einen Termin machen?«

Der Meditationslehrer räusperte sich. »Entschuldige bitte, ich muss zu meiner Gruppe zurück. Sag Oliver bitte alles Gute von mir. Ich melde mich bei ihm!« Er lief zur Lücke im Gebüsch und sah kurz zurück. »Ich hoffe, ihr könnt diesen Saboteur schnappen!«
Lise und Johann hatten sich in der Zwischenzeit offenbar beraten. Lise sagte: »Wir wollen das Shooting gerne machen. Wenn jemand eure Farm sabotieren und euch schaden will, indem er die Kunden vergrault, dann machen wir bei diesem Spiel nicht mit.«
»Danke!« Christian lächelte erleichtert. »Ich hole schnell die Putzsachen aus dem Haus. Ihr könnt in der Zwischenzeit gerne einen Tee oder Kakao bei meiner Frau im Hofladen trinken. Es gib auch leckeren Kuchen.«
Lise nickte. »Das ist doch prima.«
»Dann kommt am besten gleich mit mir mit, ich zeige euch, wo der Laden ist.« Christian sah die drei !!! an. »Ich bin gleich wieder da. Könntet ihr ein Auge auf Tim und Tom haben?«
Marie nickte. »Natürlich.« Sie lief zu Kim und Franzi, die bereits in den Pavillon gegangen waren.
»Das ist definitiv Himbeersirup«, sagte Franzi, die vor einer hellroten Pfütze stand.
Plötzlich stieß sie einen leisen Schrei aus. »Ich fasse es nicht, da sind Fußabdrücke.«
»Tatsache!«, rief Kim. Sie kniete sich hin und starrte auf eine Stelle am Boden. »Der Täter hat offenbar nicht bemerkt, dass er am Rand in die Pfütze getreten ist.«

Marie blickte Kim über die Schulter.
Drei Abdrücke waren auf dem Boden zu sehen. Sie waren teilweise verwischt, aber bei einem war ganz deutlich das wellenförmige Muster des Sohlenprofils zu erkennen.
»Das ist doch mal eine ordentliche Spur«, sagte Marie. Zufrieden machte sie ein paar Fotos.
»Lasst uns nachsehen, ob es noch andere gibt«, schlug Kim vor.
Konzentriert suchten die Detektivinnen den Boden, die Steinbänke und den Tisch ab. Doch es fand sich nichts.
Marie war gerade dabei, die Rosenranken daraufhin zu untersuchen, ob sich etwas darin verfangen hatte, als Franzi sagte: »Wo bleibt eigentlich Christian? Wir suchen jetzt bestimmt schon eine Viertelstunde. Wieso braucht er so lange, um Putzzeug zu holen?«
Kim zuckte mit den Schultern. »Vielleicht ist er aufgehalten worden?«
Marie hatte auf einmal ein ungutes Gefühl. »Ich hoffe, nicht von einem sabotierenden Kapuzenmann.«
Jetzt war Kim verunsichert. »Sollen wir nach ihm sehen?«
Marie nickte.
Franzi winkte. »Macht ihr das, ich bleibe hier bei Tim und Tom.«
Marie und Kim machten sich über den Plattenpfad auf den Weg zum Haupthaus. Auf halber Strecke reckte Kim plötzlich den Hals und sah nach links. »Dahinten läuft Heiko Brenner, er verlässt gerade den Hof.«

»Wer?«, fragte Marie. Dann fiel es ihr ein. »Ach, Simons Vater.«
Sie sah zu dem Mann mit dem grau melierten Haar, der, die Hände in den Taschen seiner Jeans vergraben, mit schnellen Schritten den Feldweg ansteuerte, der zum Schotterparkplatz führte.
Marie überlegte: Die anderen hatten ihr vorhin erzählt, dass der Mann wutentbrannt nach Hause gegangen war. Was machte er dann noch hier?
»Ist er nach seinem Polterabgang gar nicht nach Hause zurück?«, murmelte Kim prompt. »War er etwa die ganze Zeit hier?« Sie sah Marie an. »Und hat vor lauter Wut weiter sabotiert?«
»Du meinst, er war das mit dem Himbeer-Blut im Pavillon?« Maries Herz begann schneller zu klopfen.
»Das will ich jetzt sofort wissen. Ich will das Profil seiner Sohlen sehen. Wir sprechen ihn an!«, sagte Kim leise und lief schneller.
Marie schüttelte den Kopf. »Wir haben Christian versprochen, den Mann nicht direkt zu konfrontieren.«
»Das will ich ja auch gar nicht«, antwortete Kim und lief noch schneller. »Komm einfach mit.«
Als sie den Mann fast eingeholt hatten, verlangsamte Kim das Tempo. »Entschuldigen Sie bitte!«
Der Mann blieb stehen und sah Kim erstaunt an. »Ja?«
»Ach, Herr Brenner, Sie sind's!«, gab Kim sich überrascht. »Wir haben uns heute Morgen kennengelernt. Gehen Sie auch

noch eine Runde spazieren? Meine Freundin und ich genießen jedenfalls das herrliche Wetter!«

Marie biss sich auf die Lippe. Kim redete sich gerade um Kopf und Kragen.

»Übrigens löst sich, glaube ich, gerade die Sohle von Ihrem rechten Schuh!«

Marie zog die Augenbrauen hoch. Das war jetzt allerdings ein richtig guter Schachzug von Kim.

»Wirklich?« Heiko Brenner winkelte sein Bein nach hinten an und blickte auf die Schuhsohle. »Wo denn?«

Marie sah, dass das Profil grob war und keinerlei Wellenlinien aufwies.

Kim machte kurz ein enttäuschtes Gesicht und lächelte dann entschuldigend. »Da habe ich mich wohl geirrt. Einen schönen Tag noch! Wir müssen leider wieder zurück.«

Herr Brenner nickte. »Warte bitte noch. Ich möchte mich auch bei dir für meinen Auftritt heute bei den Stetters entschuldigen. Es war bestimmt unangenehm, mich so in Rage zu erleben. Ich bin eben noch mal zurückgekommen und habe mich bei Hannas Vater entschuldigt.« Er kratzte sich am Kopf. »Ich rege mich einfach zu schnell auf. Aber die Situation mit Simon ist gerade nicht einfach für mich. Damit muss ich erst mal klarkommen.« Der Mann seufzte. »Nichts für ungut, einen schönen Tag noch!« Er lief weiter.

Im nächsten Moment klingelte Maries Handy.

Es war Franzi. »Christian ist wieder hier beim Pavillon«, sagte sie. »Stell dir vor, Heiko Brenner ist noch mal zur Farm zurückgekommen, um sich bei ihm für sein Verhalten heute Morgen zu entschuldigen. Er hat ihn vor der Haustür getroffen, als Christian gerade die Putzsachen holen wollte. Sie haben sich dann in der Küche unterhalten. Deshalb hat es etwas länger …«

»Wir wissen Bescheid«, unterbrach Marie ihre Freundin. »Und wir haben was zu erzählen. Herr Brenner ist nicht der Saboteur. Wollen wir uns an der Meditationswiese treffen?«

»Ja!«, rief Franzi. »Aber, warte. Christian fragt, ob ihr Lise und Johann im Hofladen Bescheid geben könnt. Alles ist bereit fürs Shooting. Und Hanna kann die Alpakamädels jetzt zur unteren Weide lassen, Patrick hat die Stunde beendet.«

»Machen wir, bis gleich!«, sagte Marie eilig.

Wir müssen den Typen erwischen!

Hanna öffnete ein Gatter an der Meditationswiese, und die Alpakastuten galoppierten summend durch die Gasse, die zur unteren Weide führte. Nur Pünktchen war ein bisschen langsamer und achtete darauf, dass ihr Fohlen Pepe nicht allein zurückblieb.

Hanna machte das Gatter wieder zu. »Dann ist es also beschlossen, dass ihr heute noch mal hierbleibt. Das finde ich sehr gut. Ich habe ein viel besseres Gefühl, wenn ihr da seid. So sind wir drei Leute mehr, um auf dem Hof und den Weiden Präsenz zu zeigen.«

Marie nickte. Sie hatten vorhin länger mit Tanja und Hanna im Laden gesprochen, und gemeinsam waren sie zu dem Schluss gekommen, dass sie eine weitere Nacht auf der Farm verbringen würden. Die Detektivinnen mussten einfach vor Ort sein, falls der Saboteur erneut zuschlagen sollte. Zum Glück hatten ihre Eltern kein Problem damit gehabt, dass die Mädchen ihren Aufenthalt auf der Alpaka-Farm bis Sonntag verlängerten.

Tanja hatte, nachdem ihr Lise und Johann erzählt hatten, was

passiert war, sofort den Teilnehmern einer Wanderung abgesagt, die für den Nachmittag geplant gewesen war.
Marie war sich unsicher, wie sie das finden sollte. Einerseits war es vernünftig, die Tiere und womöglich auch die Menschen in der aktuellen Situation keinem Risiko auszusetzen. Andererseits hatte der Saboteur nun erreicht, was er wohl gewollt hatte: den Betrieb der Alpaka-Farm erheblich zu beeinträchtigen.
Marie biss sich auf die Lippe. Sie mussten wachsam sein. Und diesen Typen endlich erwischen!
Hanna sah ernst in die Runde. »Ihr seid euch also sicher, dass Simons Vater nicht der Saboteur ist?«
Marie hob die Hände. »Das mit dem Ekelanschlag kann er nicht gewesen sein. Es ist sehr unwahrscheinlich, dass er die Schuhe gewechselt hat, nachdem er im Pavillon war. Und das Profil der Schuhe, die er trug, passt nicht zu dem der Spuren, die wir entdeckt haben.«
Hanna seufzte. »Ich hätte es schrecklich gefunden, wenn er es wäre. Simon hat mir vorhin geschrieben, dass sein Vater mit ihm reden will. Ich hoffe, die beiden kommen klar!«
»Herr Brenner kam mir vorhin sehr nachdenklich vor«, sagte Kim. »Ich kann mir vorstellen, dass die beiden ein gutes Gespräch haben.«
»Hoffentlich.« Hanna sah gedankenverloren über die Weide. Marie folgte ihrem Blick. Die Alpakastuten waren ein ganzes Stück weiter nach unten gelaufen. Blanca, die sie vorhin leise angemöhpt hatte, rupfte im Schatten eines Baums gemächlich Gras.

Plötzlich durchzuckte es Marie. Christian und Simon hatten die Weiden am Morgen kontrolliert, da war alles in Ordnung gewesen. Was aber, wenn der Saboteur in der Zwischenzeit wieder etwas ausgelegt hatte?
»Lasst uns nachsehen, ob auf der Weide alles in Ordnung ist«, sagte Marie schnell.
»Du hast recht!« Hanna öffnete das Gatter und die drei !!! schlüpften hindurch.

Eine Viertelstunde später waren die Mädchen am unteren Ende der Weide angekommen. Kim und Franzi hatten den Zaun Stück für Stück kontrolliert. Hanna und Marie waren unter den neugierigen Blicken der Alpakas in Zickzackkursen durch das Gras gelaufen und hatten den Boden abgesucht. Blanca und Karamella waren sogar ein Stückchen mit ihnen gelaufen und hatten ebenfalls aufmerksam das Gras inspiziert.
»Wie gut, alles bestens.« Hanna war erleichtert. Sie sah auf die Uhr. »Schon so spät! Es gibt gleich Mittagessen.«
»Alles klar«, sagte Kim. »Aber sollten wir nicht zuerst noch auf der oberen Weide nachsehen?«
Hanna schüttelte den Kopf. »Das macht Papa gleich nach dem Fotoshooting.« Sie deutete plötzlich zum Schotterparkplatz. »Da kommen Juliane und Oliver!«
Der alte weiße Kombi rumpelte über den Schotter und hielt neben einem kleinen Lieferwagen mit der Aufschrift *Alpaka-Glücksweiden*.
Juliane stieg auf der Fahrerseite aus.

Auf der anderen Seite wurde die Tür langsam geöffnet. Ein junger Mann mit einem großen Pflaster auf der Stirn und verstrubbelten rotblonden Haaren rappelte sich aus dem Auto heraus. Juliane holte eine Sporttasche aus dem Kofferraum und lief zu ihm. »Komm, Oli, häng dich bei mir ein.«
»Hallo!«, rief Hanna den beiden zu. »Wie geht es dir, Oliver?«
Der junge Mann winkte. »Hallo. Schon besser. Aber ich muss gleich ins Bett. Ich habe die Nacht kein Auge zugetan. Mein Zimmerkollege hat den Weltrekord im Schnarchen aufgestellt.«
Die Mädchen kletterten über den Weidezaun und Juliane stellte die drei !!! ihrem Freund vor.
Oliver nickte. »Juliane hat mir erzählt, dass ihr Detektivinnen seid. Das ist sehr cool von euch, dass ihr ermittelt. Bleibt ihr denn heute noch auf der Farm?«
Marie nickte. »Wir müssen den Typen doch erwischen!«
Oliver fasste sich an die Stirn und verzog das Gesicht. »Eine schöne Platzwunde habe ich diesem Idioten zu verdanken.«
»Kannst du dich an irgendein Detail erinnern?«, wollte Kim wissen, während sie auf den Feldweg zum Hof zusteuerten.
Oliver zuckte mit den Schultern. »Das ging alles so schnell und es war dunkel. Ich habe nur eine ziemlich große, sportliche Gestalt in Erinnerung, mit einem Kapuzenpulli.«
»Es ist übrigens schon wieder etwas passiert«, platzte Hanna heraus. »Der Typ hat im Pavillon Blut verteilt, also nein, Himbeersirup, der aber aussah wie Blut!« Hanna schüttelte sich. »Ich selbst habe es nicht gesehen, aber ich kann mir vorstellen,

dass das Hochzeitspaar, das zum Shooting da war, einen totalen Schock gekriegt hat.«

Juliane und Oliver rissen die Augen auf.

»Das gibt's doch nicht!«, rief Juliane. »Was geschieht denn noch alles?«

Hanna nickte. »Ich glaube, Mama und Papa überlegen, nächste Woche nicht zur Auktion zu fahren. Mama meinte, sie kann in dieser Situation nicht zwei ganze Tage und eine Nacht von der Farm wegbleiben.«

»Das verstehe ich.« Juliane runzelte die Stirn. »Aber die Auktion ist ziemlich wichtig für deine Eltern, oder?«

Hanna nickte. »Ja, sie wollten nach einer weiteren Suri-Stute schauen ...«

»Simon passt doch auf«, unterbrach Juliane sie. »Und Oli und ich können auch gerne mal gucken.«

Hanna seufzte. »Ach, ich weiß auch nicht. Ich glaube, Mama wird das gerade alles zu viel. Nächste Woche ist auch noch der Termin mit dem Notar und jemandem von der peruanischen Botschaft. Wegen der Sammlung von Großtante Irene.«

Marie blinzelte überrascht. Richtig. Tanja war auf der Suche nach fehlenden Exponaten im Büro ihrer Tante. Das hatte sie in dem ganzen Trubel völlig vergessen. Kim, Franzi und sie wollten ja dabei helfen.

»Meine Mutter und ich gehen nach dem Mittagessen noch mal ins Büro und suchen«, sagte Hanna.

»Nach diesen scheinbar verschwundenen präkolumbischen Artefakten?«, fragte Juliane.

Hanna nickte.
»Wir helfen euch natürlich«, sagte Kim. Sie zuckte mit den Schultern. »Und irgendwie lässt mich das mit der geheimen Kammer nicht los.«
»Geht mir auch so«, murmelte Hanna.
Im nächsten Moment stolperte Oliver und gab einen leisen erschreckten Laut von sich.
Juliane verstärkte hektisch ihren Griff um seinen Arm. »Alles klar?«, fragte sie besorgt.
»Jaja.« Oliver winkte ab. »Ich bin einfach etwas wackelig auf den Beinen. Aber wir sind gleich da und dann stolpere ich zur Abwechslung nicht über einen Stein, sondern in mein Bett.«
»Ich hoffe, es geht dir bald wieder richtig gut!« Hanna warf Oliver einen mitfühlenden Blick zu.
»Danke dir!« Oliver sah nach vorne. »Da ist Tanja.« Er kniff überrascht die Augen zusammen. »Was macht sie denn da am Weidezaun?«

Verschüttet?

»Die Pizzaschnecken waren richtig lecker«, schwärmte Kim, während Tanja die Tür zum Büro von Dr. Reusch aufschloss. »Ich liebe Mozzarella-Tomate!«
»Danke, das freut mich!« Hannas Mutter hielt die Tür auf.
»Überhaupt!«, rief Franzi. »Ein Picknick neben einer Weide, auf der Alpakas gemütlich grasen, ist so was von super!«
Marie nickte lächelnd. Weil das Wetter so schön war, hatte Tanja kurzerhand alles für einen Mittagssnack neben der Weide vorbereitet. Sie hatten gemeinsam auf einer großen Decke aus kuscheliger Alpakawolle gesessen und sich die guten Sachen schmecken lassen, die Tanja in einem großen Picknickkorb mitgebracht hatte.
»Vielen Dank, dass ihr mir helft«, sagte Tanja, als sie im Büro standen. Sie setzte sich auf den Stuhl vor dem Schreibtisch und griff nach einer dicken roten Mappe.
»Das ist die Inventarliste, die Irene angefertigt hat.« Sie schlug die Mappe auf und blätterte darin.
»Ich habe die drei Artefakte, die ich nicht finden konnte, mar-

kiert. Ich hatte einfach irgendwo ins Regal gegriffen und ein paar der Kisten und Kartons herausgezogen und hineingesehen. Aber ich denke, wir müssen jetzt systematisch vorgehen.«

Kim nickte. »Am besten, jede von uns nimmt sich einen Abschnitt im Regal vor, von oben nach unten. Wenn ein Artefakt fehlt, vermerkt sie das in der Liste.«

»So wird's gemacht«, stimmte Tanja zu.

Die anderen nickten.

Marie sah zu dem deckenhohen Regal, in dem die Behältnisse mit den Ausgrabungsgegenständen lagerten. An die zuoberst gelegenen Kartons würde man nur mit einer Leiter herankommen. Sie sah sich um.

Kim hatte offensichtlich denselben Gedanken gehabt. Ihre Freundin zeigte zur Bücherwand. Eine lange Leiter war daran angelehnt. Sie war in einer Laufschiene eingehängt, die unter der Decke befestigt war. »Die Leiter brauchen wir!« Sie lief zum Regal.

Hanna räusperte sich. »Ich wüsste zu gerne, ob dahinter eine geheime Kammer ist.«

Kim sah nachdenklich über die Bücherreihen. »Wir gucken uns das nachher noch mal genauer an.« Dann sah sie zur Leiter hoch. »Ich fürchte, sie ist fest in der Deckenschiene eingehängt.«

»Wir haben noch eine lange Leiter im Schuppen!«, rief Hanna. »Die können wir ...«

Ein lautes Klopfen an der Bürotür unterbrach sie.

Tanja zog die Augenbrauen hoch und stand auf.

Eine weibliche Stimme klang durch das Türblatt: »Tanja, seid ihr da?«
»Das ist Juliane«, murmelte Tanja. »Hoffentlich ist nichts mit Oliver. Oder den Alpakas!«
Sie lief schnell zur Tür und öffnete sie.
Ein Windstoß fegte ein paar Blätter in den Raum, die raschelnd zu Boden fielen.
Juliane lächelte und deutete zum Himmel. »Ihr hattet Glück mit eurem Picknick. Das Wetter schlägt gerade um.«
Marie atmete auf. Wenn Juliane lächelte und übers Wetter sprach, konnte wohl nichts Schlimmes passiert sein.
»Was gibt's denn?«, fragte Tanja. »Wir fangen gerade an, die Artefakte zu sichten.«
Juliane nickte. »Deshalb bin ich gekommen.«
Tanja blinzelte die junge Frau überrascht an. »Komm doch erst mal herein.«
Juliane betrat das Büro und nickte den Mädchen zu. »Also.« Sie atmete aus. »Ich dachte, also, ich weiß nicht.« Sie hob die Hände und zögerte. Schließlich begann sie: »Ich weiß nicht, ob das jetzt relevant ist. Aber Oli und ich kamen noch mal auf das Thema mit der Sammlung deiner Tante. Weil ihr vorhin davon gesprochen hattet.« Juliane fuhr sich durchs Haar.
Tanja sah Juliane fragend an. »Ja, und?«
»Oli hat sich daran erinnert, dass Dr. Reusch ihm mal von ganz besonderen Ausgrabungsstücken aus Peru erzählt hat. Sachen, die für sie einen großen Erinnerungswert hatten. Und dass sie

diese Stücke aus der Sammlung entnommen und an einem anderen Ort aufbewahrt hat, also quasi versteckt hat.«

Marie blieb der Mund offen stehen. Auch die anderen sahen Juliane jetzt mit Erstaunen an.

Sie fuhr fort: »Ehrlich gesagt, weiß ich nicht, ob sich Oli da an ein tatsächliches Erlebnis erinnert oder ob er fantasiert hat. Er war ziemlich benommen und verschlafen, er ist echt fertig von letzter Nacht. Trotzdem dachte ich, ich erzähle dir, was Oli gesagt hat. Er meinte, dass Dr. Reusch ihm einen Briefumschlag gezeigt hat und gesagt hätte, dass sie darin Informationen hinterlegt habe für den Fall, dass sie verstirbt. Damit du weißt, wo diese Ausgrabungssachen sind.«

Marie zog die Augenbrauen hoch. Das war ja eine Geschichte!

Tanja schüttelte ungläubig den Kopf. »Irene hat ein ausführliches Testament beim Notar hinterlassen. Da war nirgendwo die Rede von besonderen Artefakten, die sich an einem anderen Ort befinden. Und es war auch kein weiterer Briefumschlag dabei.« Sie schüttelte erneut den Kopf. »Juliane, ganz ehrlich, ich denke, Oliver ist wirklich ziemlich angeschlagen und hat fantasiert.«

»Ja, das kann sein.« Juliane nickte, sie lief zum Schreibtisch und blickte nachdenklich auf den Dokumentenstapel, der darauf lag. »Oli sagte, Dr. Reusch hätte den Umschlag in eine der Schubladen gelegt.«

Kim räusperte sich. »Wer weiß, vielleicht ist ja doch etwas dran?« Sie sah Tanja an. »Du kannst ja einfach mal einen Blick in die Schubladen werfen!«

Marie zweifelte an Olivers Erinnerung. Und trotzdem machte sich ein Kribbeln in ihrem Magen breit.
Tanja lächelte schwach. »Wenn du meinst, natürlich.« Sie lief zum Tisch und zog die rechte Schublade auf.
Die anderen folgten ihr und sahen ihr über die Schulter.
Marie betrachtete das Durcheinander aus Stiften, Pinseln, Radiergummis, Münzgeld und anderem Kleinkram, das sich darin befand.
Tanja verschob die Dinge, um auf den Boden der Schublade sehen zu können.
Enttäuscht stellte Marie fest, dass da nichts war.
»Kein Umschlag«, stellte Tanja fest. Sie zog die zweite Schublade auf. Hier ergab sich das gleiche Bild von durcheinanderliegenden Schreibutensilien. Tanja schob sie zur Seite. »Da ist nichts.«
»Darf ich auch mal nachsehen«, fragte Kim.
Tanja rückte zur Seite. »Natürlich.«
Plötzlich gab Juliane einen überraschten Laut von sich. »Da ist etwas runtergefallen!« Sie deutete unter den Schreibtisch.
Marie sah, dass ein Briefumschlag auf dem Boden lag.
Tanja bückte sich. »Der muss unten an der Schublade befestigt gewesen sein!« Sie zupfte an einem Stückchen Klebefilm, das noch am Umschlag hing.
Marie hielt die Luft an. Das war ja wie im Krimi!
»Das hätte ich jetzt nicht gedacht«, sagte Tanja und öffnete das Kuvert. Sie zog einen Papierbogen heraus.
Marie sah einige Linien darauf, die ein paar Kästchen darstell-

ten, sie waren von schneller Hand gezeichnet worden. An einer Stelle befand sich ein dickes Kreuz, um das ein Kreis gemalt war.

Tanja zog die Augenbrauen hoch. »Wenn ich das richtig interpretiere, ist das ein grober Plan vom Winzergut.« Sie legte das Papier auf den Tisch und strich es glatt.

Juliane beugte sich näher zu ihr. »Stimmt, das in der Mitte ist wohl das Haupthaus. Dann sind die anderen beiden kleinen Kästchen der Laden und der Bürotrakt? Rechts oberhalb davon ist die Kreuzmarkierung.« Juliane runzelte die Stirn. »Da befindet sich kein Gebäude. Dort sind die Weide und der Weinberg.« Sie schüttelte den Kopf. »Hat Dr. Reusch die Sachen etwa vergraben?« Dann schlug sie sich mit der flachen Hand vor die Stirn. »Da liegt der Zugang zum alten Weinkellergewölbe, oder?«

Tanja nickte. »Richtig, das muss es sein.«

Juliane hatte vor Aufregung gerötete Wangen. »Ich fasse es nicht. Dann hat sich Oliver doch richtig erinnert.«

»Hm.« Tanja zögerte. »Ich verstehe das alles nicht so richtig. Wieso hat Tante Irene das gemacht?«

Hanna strich nachdenklich über den Plan. »Das wüsste ich auch gerne.«

»Wie auch immer«, murmelte Hannas Mutter. »Wenn Irene dort wirklich Artefakte versteckt hat, warum um Himmels willen auch immer, dann war das keine gute Idee.«

Marie sah sie erstaunt an. »Wieso?«

Tanja trommelte mit den Fingern auf der Tischplatte. »Das al-

te Gewölbe war schon lange baufällig, letztes Jahr ist nach einem Starkregen ein großer Teil eingestürzt. Wir haben den Eingang komplett zumauern lassen.«
Juliane biss sich auf die Lippe. »Dann sind die Sachen darin verschüttet? Aber vielleicht kann man den Eingang wieder freilegen?«

Rätsel um Dr. Reusch

Detektivtagebuch von Kim Jülich
Samstag, 22:20 Uhr

Auf der Alpaka-Farm geschehen die absolut seltsamsten Dinge! Zum Glück ist wenigstens seit dem letzten Anschlag, den der Saboteur verübt hat (eine »Blutpfütze« im Pavillon, die Christians Fotoshooting-Kunden verschrecken sollte), nichts mehr passiert. Trotzdem beobachten Hanna, Simon, Franzi, Marie und ich hier vom Wintergarten aus noch mal den Stall. Sicher ist sicher. Vorhin hat es jedoch große Aufregung wegen der Sammlung von Dr. Reusch gegeben.
Diese drei Exponate, die Tanja vermisst hatte, sind nämlich mit großer Wahrscheinlichkeit, zusammen mit etlichen weiteren Artefakten, in einem alten Kellergewölbe verschüttet! Dr. Reusch hat offensichtlich einen Teil ihrer Sammlung vor Jahren dort verborgen. Warum auch immer?! Und dann hat sie auch noch einen Plan für Tanja im Schreibtisch versteckt, auf dem der Weinkeller markiert ist. Das ist alles mehr als rätselhaft. Tanja ist ziemlich verwirrt. Ihre Tante hat ein ausführliches Testament hinterlassen. Warum hat sie diese versteckten Gegenstände nicht erwähnt? Hatte sie sie im Lauf der Jahre einfach vergessen? Oder gibt es irgendein Geheimnis um diese Sachen? Puh, das Rätsel um Dr. Reusch! Ich habe mir vorhin das Manuskript mit

ihren Memoiren von Tanja geben lassen. Vielleicht werden diese Ausgrabungssachen aus Peru ja erwähnt und es gibt einen Hinweis darauf, warum Dr. Reusch sie versteckt hat?
Wir haben am Nachmittag noch fast zwei Stunden lang ihre gesamte Sammlung überprüft. Fazit: Vierzehn Kisten und Kartons sind leer! Es fehlen ganz unterschiedliche Artefakte, von kleinen Figuren und Schmuck aus Stein bis zu großen Keramiken. Das ist schon der Hammer. Alles verloren, weil das Kellergewölbe letztes Jahr eingestürzt ist. Tanja wird mit dem Notar und der peruanischen Botschaft besprechen müssen, ob sie den Zugang zum Keller freiräumen lassen muss, damit man nach den Gegenständen suchen kann. Das könnte teuer werden. Wir haben uns vor Ort umgesehen, man bräuchte schweres Gerät, um das wieder freizukriegen. Wenn es überhaupt möglich ist.
Es ist wirklich alles sehr seltsam. Wir müssen unbedingt mit Oliver sprechen. Leider war das heute nicht mehr möglich. Juliane sagte, er schläft wie ein Stein und muss sich erholen. Aber morgen Vormittag klappt es hoffentlich, und wir können ihn fragen, was alles genau Dr. Reusch ihm erzählt hat. Kommt dann etwas Licht ins Dunkel?
So, und jetzt noch eine Sache: Beim Abendessen (eingekuschelt in Alpakawolldecken, mit Gemüse-Käse-Spießen an der Feuerschale!) kam Juliane vorbei und fragte bei Tanja nach Kopfschmerztabletten für Oliver. Sie stand dabei dicht neben Marie. Als eine Brise ihre Jacke aufgeweht hat, hat Marie auf das Innenfutter gesehen. Und sie meint, dass der Stoff mit bunten Punkten gemustert war. Genauso wie das Muster von dem Stück Stoff, das wir am Begrüßungsschild der Farm gefunden haben! Marie ist sich nicht ganz sicher, im Flackern des Feuerscheins war alles nicht so deutlich zu sehen, vor allem die Farben nicht. Also, ich kann das kaum glauben. Wahrscheinlich hat Marie sich geirrt. Ich meine, wenn das wirklich das gleiche Muster war, dann, ja, dann war Juliane an dem Schild – und hat es beschmiert? Und auch die

Weintrauben auf die Weide gelegt? Und die anderen Sachen gemacht? Aber warum sollte sie das tun?!
Wie auch immer, wir müssen das auf jeden Fall überprüfen. Marie wird morgen, wenn wir den Besuch bei Oliver machen, versuchen, an Julianes Jacke heranzukommen. Sollte ein Loch im Futter sein ... dann wäre das der Hammer!
Aber wir werden morgen weitersehen.

Geheimes Tagebuch von Kim Jülich
Samstag, 23:35 Uhr

► Ben und Lukas: Ich finde es super, dass ihr mit Adele einen Club gegründet habt. Nun seid ihr mit euren Fällen beschäftigt – UND LEST NICHT IN FREMDEN TAGEBÜCHERN – ODER??!!! ◄
Ich glaube, Marie beschäftigt die Sache mit Holger mehr, als sie zugeben will. Sie schien mir sehr erleichtert darüber, dass wir noch eine Nacht auf der Alpaka-Farm verbringen, und sie nicht mit Holger in der Villa sein muss. Aber nach wie vor glaube ich daran, dass Marie die Situation in den Griff bekommt, ganz klar!
Apropos »in den Griff bekommen«: Heiko Brenner hat sich tatsächlich bei seinem Sohn Simon für sein Verhalten entschuldigt! Er war selbst total erschrocken über seinen Wutausbruch heute Morgen. Hannas Vater hat ihm wohl erzählt, wie großartig Simon mit den Alpakas umgeht und dass er richtig stolz auf ihn sein könne. Simon hat seinem Vater endlich offen gesagt, dass er den elterlichen Hof nicht übernehmen möchte. Gemeinsam sind sie dann auf die Idee gekommen, dass er später mal den Betrieb im Lauf der Jahre auf eine Alpaka-Zucht umstellen könnte. Das ist doch eine gute Lösung!
So, und jetzt schicke ich meinem Schatz David jede Menge Herzchen und Gutenachtküsse, und dann ist Schlafenszeit!

Zum Glück war in der Nacht alles ruhig geblieben und auf den Weiden alles in Ordnung. Christian und Simon hatten die Alpakas am Morgen aus dem Stall gelassen. Die Stutenherde graste auf der oberen, die Hengstherde auf der unteren Weide. Marie hatte Blanca zugewunken, und die Alpakadame hatte sie tatsächlich erneut mit einem fröhlichen *Möhp* begrüßt. Marie straffte die Schultern. Jetzt stand die Aktion bei Juliane und Oliver an!

Sie sah auf den Teller in ihren Händen mit dem Gugelhupf, den ihnen Tanja zur Verfügung gestellt hatte. Kim trug ein Schälchen mit Schlagsahne.

Marie fand, dass sie für einen Krankenbesuch bei Oliver gut gerüstet waren. Die Chance, von Juliane in die Wohnung gelassen zu werden, war bestimmt höher, wenn sie ein nettes Geschenk mitbrachten. Gestern Abend war sie ziemlich abweisend gewesen. Marie zog die Augenbrauen hoch. Ob es wirklich daran gelegen hatte, dass sie Oliver nicht wecken wollte? Oder hatte Juliane etwas zu verbergen? Marie schluckte. Das würde sich vielleicht gleich zeigen. Hoffentlich kam sie an Julianes Jacke heran. Dann würden sie weitersehen.

Franzi lief ein Stück weiter vor ihr und Kim, sie hatte das Treppenhaus bereits erreicht. »Hoffentlich klappt es!«, rief Franzi leise über die Schulter zurück.

»Und danach müssen wir uns noch mal um diese Kammer kümmern«, sagte Marie.

»Genau. Das machen wir«, antwortete Kim »Aber eins nach dem anderen.«

Marie nickte. Während sie langsam die Treppe hochstiegen, dachte sie nach. Kim hatte heute Morgen in dem Manuskript gelesen. Dr. Reusch hatte sich, laut Kim, von ihrer Angst vor engen Räumen mit einer Konfrontationstherapie selbst geheilt. Sie hatte sich tatsächlich eine kleine Kammer bauen lassen, um darin stundenweise auszuharren und sich an die Enge zu gewöhnen! Leider war an der Stelle nicht beschrieben, wo diese Kammer sein sollte, Dr. Reusch hatte eine Erinnerungsepisode an die echte Tempelkammer, in der sie verschüttet gewesen war, eingeschoben. Kim hoffte darauf, dass das Thema der Kammer später im Buch noch mal aufgenommen würde. Bis jetzt war sie mit dem Lesen noch nicht weitergekommen, weil die Detektivinnen nach dem Frühstück noch länger über die Strategie bei der Unterhaltung mit Juliane und Oliver gesprochen hatten.
Marie schüttelte den Kopf. Die Kammer war jetzt nicht wirklich wichtig, die Artefakte waren ganz offensichtlich nicht dort, sondern in einem maroden Kellergewölbe verschüttet.
»Achtung!«, hörte Marie Franzi leise rufen. Sie blieb stehen, gerade rechtzeitig, um nicht in Franzi hineinzulaufen.
Ihre Freundin stand auf dem Treppenabsatz vor der Wohnung von Juliane und Oliver. »Da wird gestritten«, flüsterte sie.
Marie hörte eine weibliche Stimme, die richtig sauer klang.
Die drei !!! näherten sich vorsichtig der Tür.
»Du willst dich bloß an Oliver rächen, weil er jetzt mit mir zusammen ist!«, hörte Marie nun ganz deutlich Juliane.
Sie sah ihre Freundinnen alarmiert an.

»Nicht so laut, mein Kopf!«, drang eine etwas leisere Stimme nach draußen. Sie gehörte offensichtlich zu Oliver.
»Ist doch egal«, rief nun eine weitere männliche Stimme. »Zum letzten Mal. Wenn ich das Geld nicht bis Dienstagabend habe, schicke ich die Datei an die Fakultät. Dann ist Olivers tolle Universitätskarriere im Eimer, bevor sie überhaupt begonnen hat. Er braucht gar nicht erst zu dem Vorstellungsgespräch zu gehen! Diese Plagiatsprüfungsprogramme sind fantastisch! Ich hab's immer geahnt, dass du bei deiner Doktorarbeit getrickst hast, Oliver, aber dass du so viel von anderen abgeschrieben hast, das hätte ich nicht erwartet.«
Für einen kurzen Moment herrschte Schweigen hinter der Tür. Franzi sah Marie verdattert an. »War das die Stimme vom Meditationslehrer?«
Marie überlegte, ja, das konnte sein.
»*Doktor* Oliver Seiler«, fuhr die Stimme wütend fort. »Ich war wenigstens ehrlich und habe meine Doktorarbeit abgebrochen und mich umorientiert ...«
»Patrick, bitte«, erklang Olivers Stimme. »Wir waren doch Freunde.«
»Ist mir egal, was früher war! Ich will das Geld, ich brauche es dringend. Dienstagabend. Mein letztes Wort!« Schnelle Schritte näherten sich der Tür. Patrick würde sie gleich öffnen! Marie blickte sich panisch nach einem Versteck um.
Franzi deutete zu einer Holztreppe hinter ihnen, die zum Dachstuhl führte.
Sie hechteten hin und duckten sich, so gut es ging, hinter dem

breiten Geländer. Kurz staunte Marie darüber, wie Kim und sie es geschafft hatten, Sahneschälchen und Kuchen nicht fallen zu lassen. Dann schoss ihr durch den Kopf, dass es wohl klüger gewesen wäre, einfach so zu tun, als hätten sie gerade klingeln wollen. Aber zu spät. Wenn Patrick sie jetzt entdeckte, würden sie eine sehr gute Ausrede brauchen.

Die Tür wurde aufgerissen. Marie hielt den Atem an. Patrick stürmte wütend hinaus und polterte fluchend das Treppenhaus hinunter.

»Wie du dich verändert hast, schrecklich!«, rief ihm Juliane hinterher und schloss die Wohnungstür energisch.

Marie atmete aus.

»Was war das denn jetzt?«, flüsterte Kim. »Patrick erpresst Oliver?«

Marie blinzelte verwirrt. Das musste sie jetzt auch erst mal verarbeiten.

In der Wohnung von Juliane und Oliver wurde es erneut laut.

»Jetzt streiten sich die zwei!« Franzi schlich die Treppe hinunter und positionierte sich wieder vor der Tür.

Kim und Marie folgten.

»Ich will nicht mehr!«, rief Oliver.

»Du machst keinen Rückzieher, du wirst …«

Den Rest konnte Marie nicht mehr verstehen.

»Sie müssen in ein anderes Zimmer gegangen sein«, sagte Kim. Sie verzog den Mund. »Ich will wissen, was da los ist.«

Dann sah sie auf das Glasschälchen, das sie immer noch in der Hand hielt. Ihre Miene hellte sich auf.

Kim begann, eilig die Sahne aus der Schüssel zu löffeln.
Marie blieb der Mund offen stehen. Ungläubig sah sie ihre Freundin an.
Franzi riss die Augen auf.
»Was ist denn jetzt in Kim gefahren?«, flüsterte Marie heiser.

Überraschung!

Plötzlich wusste Marie, was ihre Freundin vorhatte. »Ein improvisiertes Lauschinstrument«, sagte sie anerkennend.
Kim leckte sich einen Rest Schlagsahne von der Lippe und setzte die leere Glasschale mit der Öffnung auf das Türblatt. Sie presste ihr Ohr an den Boden der Schale, horchte und flüsterte: »Es funktioniert.«
Marie beugte sich näher zur Tür. So konnte sie immerhin noch Wortfetzen hören.
»Patrick meint es ernst«, hörte sie Juliane sagen. Danach folgte etwas Unverständliches, und dann: »Bis morgen Nacht musst du …« Erneut hörte Marie nur undeutliche Stimmen. Sie runzelte die Stirn. Kim musste ihr und Franzi gleich erzählen, über was genau Juliane und Oliver stritten.
Nach einer Weile hörte Marie gar nichts mehr.
Kim nahm die Glasschale von der Tür. »Sie haben aufgehört zu reden«, flüsterte sie. »Juliane hat noch gesagt, dass Oliver ihr helfen muss, und irgendwas von ›Käufer‹ und ›am Dienstag‹? Oliver sagte, dass ihm bald alles egal ist.«

Kim schüttelte den Kopf. »Vielleicht können wir gleich im Gespräch mit den beiden mehr rausfinden. Wir warten noch einen Moment ab, bis sie sich beruhigt haben, und dann klingeln wir.«

Marie sah Kim an. »Was hast du denn noch gehört?«

Kim runzelte die Stirn. »Juliane sagte, dass Oliver bis morgen Nacht unbedingt fit sein muss, weil sie etwas nicht alleine schafft. Sie will unbedingt, dass Oliver die Anstellung an der Uni bekommt, weil er jetzt, nach dem Tod von Dr. Reusch, keinen Job mehr hat. Sie hat keine Lust, noch mehr in der Sprachschule zu arbeiten und das Geld für beide zu verdienen. Und dann war da noch was, sie sagte: ›Ich habe mir solche Mühe gemacht, Tanja wird jetzt nicht mehr‹ …« Plötzlich gab es ein Geräusch hinter der Tür. Bevor die Detektivinnen reagieren konnten, wurde sie aufgerissen.

Juliane stand in Laufkleidung vor ihnen und starrte sie überrascht an. Ihre Wangen waren vor Ärger gerötet. »Was macht ihr hier?«

Nach einer kurzen Schrecksekunde präsentierte Marie lächelnd ihren Kuchenteller. »Überraschung! Wir würden gerne einen Krankenbesuch bei Oliver machen.«

Aus dem Augenwinkel sah Marie, wie Kim das leere Sahneschälchen hinter ihrem Rücken verschwinden ließ.

»Ach, das ist nett.« Juliane zog die Augenbrauen hoch. »Oliver liegt im Wohnzimmer auf der Couch«, stieß sie hervor. »Und ich muss eine Runde laufen.« Wortlos drängte sie sich an den drei !!! vorbei und sprang die Treppe hinunter.

»Na dann«, sagte Marie. Sie betrat den Flur und sah sich um. An der Garderobe hingen mehrere Kleidungsstücke. Und unter einer Strickjacke blitzte Julianes Funktionsjacke hervor! Maries Herz begann schneller zu klopfen.
»Hallo?«, rief Oliver aus dem Wohnzimmer. »Wer ist da?«
»Wir sind's, die Detektivinnen«, sagte Franzi munter und lief zur Tür. Marie und Kim folgten ihr.
Oliver kam ihnen entgegen. Er war blass um die Nase, sein Haar zerzaust. Das Pflaster auf seiner verschwitzten Stirn hatte sich an einer Stelle gelöst.
»Dir geht es immer noch nicht so gut, oder?«, fragte Franzi.
Oliver nickte stumm.
»Du musst dich gleich wieder hinlegen!« Franzi lief ins Wohnzimmer und deutete zur Couch, die vor dem Fenster stand.
Marie zeigte Oliver den Kuchen und ging ebenfalls einfach weiter. »Wir wollten dir ein bisschen was Süßes vorbeibringen. Wir hoffen, es geht dir bald besser!« Sie stellte den Kuchen auf einem niedrigen Tisch neben dem Sofa ab.
Oliver kniff die Augen zusammen. »Danke, das ist nett von euch.« Er ließ sich auf die Couch fallen. »Ich muss mich ausruhen.«
Kim und Franzi setzten sich in die Sessel, die vor dem Tischchen standen. »Wir würden dich gerne ganz kurz etwas fragen«, sagte Franzi freundlich.
Oliver kniff die Augen zusammen. »Ich glaube, ich kann gar nicht reden. Mein Kopf …« Er verstummte und verdrehte die Augen.

Die drei !!! warfen sich einen heimlichen Blick zu. Oliver schien so gar keine Lust auf ein Gespräch mit ihnen zu haben.
Marie räusperte sich. »Entschuldige bitte, wie peinlich. Aber ich müsste ganz dringend mal auf Toilette.« Sie tippelte von einem Bein aufs andere. »Zu viel Tee zum Frühstück.«
Oliver blinzelte Marie genervt an. »Zweite Tür links gegenüber.«
»Danke!« Marie zog sich in den Flur zurück. Sie hörte noch, wie Kim zu sprechen begann: »Wir würden gerne wissen, ob dir Dr. Reusch noch etwas zu diesen Artefakten erzählt hat, die sie an einem anderen ...«
Marie lief zur Garderobe und zog Julianes Jacke unter der Strickjacke weg. Sie eilte in Richtung des Badezimmers. Auf dem Weg sah sie sich das Innenfutter an. Das Punkte-Muster konnte tatsächlich mit ihrem Beweismaterial übereinstimmen!
Im Bad angelangt, drehte sie mit pochendem Herzen den Schlüssel im Schloss um. Marie faltete die Jacke auf.
Sie musste nicht lange suchen, ihr wurde siedend heiß – auf der rechten Seite unten klaffte ein Loch im Futter!
Um sicherzugehen, zog Marie das Tütchen mit dem Stofffetzen vom Begrüßungsschild aus ihrer Hosentasche. Es war eindeutig: Dieses Stück Stoff stammte von Julianes Jacke! In Maries Kopf begannen die Gedanken Purzelbäume zu schlagen.
Im nächsten Moment wurde ihr Blick von einer Tasche angezogen, die neben der Waschmaschine stand. Es war die Sporttasche, mit der Juliane Oliver die Sachen ins Krankenhaus gebracht hatte. An einem der Seitenfächer prangte ein dicker

schwarzer Fleck. Marie lief hin und fasste in das Fach. Sie ertastete einen glatten, länglichen Gegenstand. Als sie ihre Hand herausgezogen hatte, sah sie, dass es sich um einen dicken Filzstift handelte. Die Kappe fehlte. Marie wurde schwindelig. Juliane hatte diesen Marker eilig in der Tasche verstaut – nachdem sie mit ihm das Begrüßungsschild der Alpaka-Farm beschmiert hatte!

Als Marie den Marker wieder in das Fach gleiten ließ, sah sie, dass unter dem Waschbecken daneben ein Paar Leinenschuhe zum Trocknen auf einer Zeitung ausgelegt war. Sie pfiff leise. Wurde ihr jetzt noch das Indiz dafür geliefert, dass Juliane im Pavillon gewesen war?

Marie ergriff einen der Schuhe und drehte ihn um. Größe 38. Das Profil der Sohle wies ein feines Wellenmuster auf. Marie rief das Foto auf ihrem Handy auf, das sie von den Spuren im Pavillon gemacht hatte. Die Muster stimmten überein. Nun fiel Marie auch noch ein blasser Rest roter Farbe im Stoff des Schuhs auf. Juliane war es nicht gelungen, den Himbeersirup komplett aus dem Stoff zu waschen.

Marie stellte den Schuh zurück und nickte zufrieden. Das war ein wahres Feuerwerk an Beweisfunden. So etwas hatte sie in ihrer gesamten Detektivlaufbahn noch nicht erlebt! Sie musste einige Sekunden tief durchatmen, um ihren Puls zu beruhigen. Dann betätigte sie die Wasserspülung und öffnete die Tür.

Sie sah Kim und Franzi im Flur vor dem Wohnzimmer stehen. Schnell hängte Marie Julianes Jacke unter die Strickjacke an der Garderobe zurück und lief zu ihren Freundinnen.

»Weiterhin gute Besserung!«, rief Kim. Sie sah zu Marie und Franzi und verdrehte die Augen. »Danke, dass du immerhin versucht hast, dich zu erinnern.«

Marie sah ins Zimmer und winkte Oliver auf der Couch zu. »Tschüss, und auch von mir alles Gute!«

Sie zog Kim und Franzi mit sich. »Ich habe dringenden Detektivbesprechungsbedarf!«

Kammer-Hammer

Die Detektivinnen eilten aus der Wohnung und sprangen die Stufen im Treppenhaus hinunter.

»Lasst uns am besten in den Rosenpavillon gehen«, schlug Kim vor der Haustür vor.

Marie und Franzi nickten.

»Ihr glaubt es nicht!«, sagte Marie, während sie den Plattenweg entlangliefen.

Bevor sie weitersprechen konnte, platzte Franzi heraus: »Juliane sabotiert die Alpaka-Farm.«

»So ist es.« Marie setzte sich auf eine der Steinbänke im Pavillon. »Der Stofffetzen stammt eindeutig vom Innenfutter ihrer Jacke. Und ich habe den Filzstift gefunden, mit dem sie das Schild beschmiert hat. Sie muss auch die Trauben auf die Weide gelegt haben, bevor sie Tanja angerufen hat! Und sie war hier in der Rosenlaube. Ich habe ihre Schuhe im Bad gesehen, das Profil passt genau zu den Spuren.«

»Das ist der Hammer!« Franzi schüttelte den Kopf. »Juliane hat auch den ›pfeifenden Geist‹ im Wald gespielt. Erinnert ihr euch an die nervigen Kletten, die wir uns da eingefangen haben? Durch die Balkontür im Wohnzimmer habe ich eine Zeitung gesehen, auf der eine Kleiderbürste lag und jede Menge Klettfrüchte. Juliane muss sie nach ihrer Waldaktion von ihrer Jeans entfernt haben. Die hing übrigens auch noch draußen auf dem Balkon.«

Marie biss sich auf die Lippe. »Warum macht Juliane das alles?«

»Vielleicht will sie der Familie Stetter demnächst einen Erpresserbrief schicken und verlangt eine gewisse Summe dafür, dass die Vorfälle aufhören?« Franzi runzelte die Stirn. »Wie wir seit vorhin wissen, wird Oliver von Patrick erpresst. Er braucht Geld, will Juliane es auf diese Weise beschaffen?«

Marie nickte. Plötzlich kam ihr ein ganz anderer Gedanke dazwischen. »War Juliane das dann auch Freitagnacht am Stall?«, fragte sie.

»Aber Oliver sagte, dass es ein sportlicher, großer Mann war«, warf Franzi ein.

»Sportlich ist Juliane«, murmelte Kim. »Aber nicht sehr groß.« Sie zupfte an ihrer Lippe. »Da weiß ich jetzt auch nicht weiter. Ich habe übrigens vielleicht noch etwas Interessantes.« Kim griff unter ihr T-Shirt und zog einen Bogen Papier hervor.

Marie staunte. »Wo hast du das her, und was soll das sein?«

»Das Blatt hat Kim von einem Briefblock gerissen, der auf dem Schreibtisch bei Juliane und Oliver im Wohnzimmer lag.« Franzi grinste. »Nachdem sie Oliver mit dem guten alten Trick abgelenkt hat: ›Du, ich glaube, da sitzt gerade ein Insekt auf deiner Schulter.‹«

Kim lachte trocken. »Er hat ziemlich cool reagiert und ist nicht hysterisch aufgesprungen, wie so viele Leute es in der Situation machen. Aber immerhin hat er lange genug nach dem Viech gesucht, sodass ich meine Aktion ausführen konnte.«

»Aber warum wolltest du überhaupt dieses leere Blatt Papier haben?«, fragte Franzi verdutzt.

Kim holte das Notizbuch aus ihrer Hosentasche. »Mir kam das cremefarbene Papier bekannt vor.« Sie zog den Bleistift aus der Schlaufe an dem Büchlein und legte das Papier auf den Tisch. Während sie anfing, mit dem Stift leicht über das Blatt zu schraffieren, erklärte sie: »Dieser Plan von Dr. Reusch gestern war auf genauso einem Papier gezeichnet! Wenn mein Verdacht stimmt, dann sollten wir gleich sehen, dass …« Kim machte eine Kunstpause und strichelte eilig weiter. Wenig später gab sie einen Gluckser von sich. Sie hielt das Papier hoch. »Volltreffer!«

Marie hielt den Atem an. In der Bleistiftschraffur waren weiße Linien zu erkennen, sie stellten mehrere Kästchen dar, an einer Stelle war ein Kreis mit einem Kreuz zu erkennen.

»Das ist genau die Zeichnung, die wir gestern in Dr. Reuschs Schreibtisch gefunden haben!«, rief Franzi aufgeregt.

Kim nickte. »Jemand hat auf dem Blatt, das über diesem hier lag, den Plan skizziert. Er hat sich durchgedrückt!«

Marie schlug mit der flachen Hand auf den Tisch. »Juliane hat uns einen gefälschten Plan untergejubelt.«

»Sie muss den Briefumschlag auf den Boden fallen gelassen haben, während wir alle mit dem Inhalt der Schublade beschäftigt waren«, sagte Kim.

»Heftig!«, rief Franzi. »Aber warum hat sie das gemacht?«
Für Sekunden herrschte Schweigen.
Dann platzte Franzi heraus: »Sie wollte uns ablenken. Wir sollten nicht weiter nach dem Saboteur fahnden und Juliane womöglich erwischen. Sie wollte, dass wir unsere Zeit in diesem Kellergewölbe verbringen und Stunden oder gar Tage nach den Artefakten suchen, die dort angeblich sind.«
Kim runzelte die Stirn. »Das könnte sein. Dann hat sie aber offensichtlich nicht gewusst, dass der Keller gar nicht mehr zu betreten ist.«
Marie grübelte. Irgendetwas kam ihr gerade merkwürdig vor. Sie dachte scharf nach. Was hatte Kim vorhin erzählt, was sie hinter der Tür gehört hatte? Juliane hatte etwas von ›Ich habe mir solche Mühe gegeben‹ gesagt. Und dann noch etwas.
»Kim!«, rief Marie aufgeregt. »Du wolltest uns vorhin noch einen Satz sagen, den du belauscht hast. Er fing an mit ›Tanja wird jetzt nicht mehr …‹«
»Juliane sagte: ›Tanja wird jetzt nicht mehr suchen‹«, murmelte Kim.
Marie schnippte mit dem Finger. »Hat Juliane damit gemeint, dass Tanja jetzt nicht mehr nach den verschwundenen Artefakten suchen wird?« Sie konzentrierte sich und rief sich die Gesprächsfetzen von der Lauschaktion ins Gedächtnis. »Mit dem ›Ich habe mir so viel Mühe gemacht‹, damit meinte sie den gefälschten Plan? Dann wusste sie sehr wohl, dass der Keller verschüttet ist. Sie wollte, dass wir alle denken, die Artefakte sind verloren!«

Kim nickte langsam. »Weil sie die Sachen aus der Sammlung entwendet hat?« Plötzlich zuckte Kim zusammen. »Juliane erwähnte einen Käufer. Sie hat die Sachen verkauft!« Sie kniff die Augen zusammen. »Nein, wartet. Es ist anders. Juliane sagte, sie habe einen Käufer gefunden und dass sie ihn am Dienstag trifft.«

Franzi atmete scharf aus. »Die Artefakte sind also noch da. Sie müssen irgendwo versteckt sein.«

»Und Juliane will die Sachen morgen Nacht mit Oliver dort herausholen! Deshalb muss er fit sein! ... Die geheime Kammer!«

»Genau!«, rief Kim. »Wir wissen aus Dr. Reuschs Manuskript, dass sie eine Kammer hat bauen lassen.« Sie knetete nervös die Hände. »Ist da tatsächlich ein versteckter Raum im Büro? Und sind darin die Artefakte?«

Wenn Marie genauer darüber nachdachte, hatte sich Juliane am Freitag, als sie alle im Büro waren, ziemlich merkwürdig verhalten. »Fandet ihr es nicht auch seltsam, dass Juliane gleich zwei Mal so ungeschickt war und dieses Chaos mit den Papierstößen veranstaltet hat?«, fragte sie. »Kann man wirklich so unachtsam sein?«

Franzi horchte auf. »Du meinst, Juliane wollte uns da schon von unserer Suche ablenken?«

»Ja.« Marie strich über den rauen Steintisch. »Vielleicht, weil wir bereits ganz nah an dieser Kammer dran waren. Und weil in der Kammer die Artefakte versteckt sind.«

Franzi zupfte aufgeregt an ihren kurzen Zöpfen. »Dann waren

die Sabotage an der Weide und am Schild auch als Ablenkungen gedacht. Damit wir das Büro verlassen und uns mit einem vermeintlichen Saboteur beschäftigen statt mit der Sammlung von Dr. Reusch?« Franzi schluckte. »Mir fällt jetzt ein, dass Oliver vorhin ziemlich auffällig gefragt hat, warum wir uns eigentlich so für Dr. Reusch und ihre Sachen interessieren und uns nicht auf die Suche nach dem Täter konzentrieren, der für die Anschläge auf die Farm verantwortlich ist.«

Kim nestelte an ihrem T-Shirt. »Ich muss in diesem Manuskript weiterlesen. Vielleicht kommt noch eine Stelle, aus der hervorgeht, wo die Kammer ist.« Sie sprang auf. »Tanja ist im Hofladen, lasst euch schon mal von ihr das Büro aufschließen. Ich habe das Manuskript im Wintergarten liegen lassen. Ich denke, Hanna ist zu Hause und kann mir aufmachen. Sie wollte ihre Sachen für die Klassenfahrt packen.«

Marie und Franzi sprangen ebenfalls auf.

»Und passt auf, dass Juliane euch nicht am Büro sieht, falls sie zurückkommen sollte.«

»Alles klar«, sagten Marie und Franzi gleichzeitig.

Kim lief bereits in Richtung des Haupthauses. Marie machte sich mit Franzi auf den Weg zum Hofladen. Ihr Herz schlug vor Anspannung immer schneller.

»Ihr meint also, es gibt hier tatsächlich eine geheime Kammer?« Hanna zupfte vor Aufregung an ihrer Lippe. Sie war vor wenigen Minuten zusammen mit Kim zu Marie und Franzi ins Büro geschlichen gekommen. Tanja hatte Marie sofort den

Schlüssel gegeben, konnte aber nicht vom Hofladen weg, weil noch etliche Kunden zu bedienen waren. Sie würde in einer Viertelstunde schließen und dann ebenfalls zu ihnen stoßen.
Marie sah zu Kim. Ihre Freundin hatte am Schreibtisch Platz genommen und las konzentriert im Manuskript von Dr. Reusch, das sie aus dem Wintergarten geholt hatte.
»Und?«, fragte Franzi aufgeregt. »Hast du schon etwas gefunden?«
Kim runzelte die Stirn. »Bis jetzt noch nicht. Lass mich doch einfach in Ruhe lesen!«
Franzi hob die Hände. »Schon gut.« Sie lief weiter am Bücherregal entlang und betrachtete es genau.
Marie sah zu dem einen Kratzer, der in einem leichten Bogen vom Regal wegführte. Das konnte wirklich ein Hinweis auf ein bewegliches Teil in der Bücherwand sein. Sie rüttelte an den Regalbrettern, drückte, schob, zog. Nichts tat sich.
Hanna begann, Bücher auszuräumen und auf dem Boden zu stapeln. »Das wäre ein echtes Ding, wenn Juliane und Oliver die Artefakte hier versteckt hätten!« Hanna stieß scharf die Luft aus. »Ich kann es echt nicht fassen, dass Juliane die Saboteurin sein soll, das ist alles so unglaublich!«
Marie nickte stumm.
Eine Weile herrschte nachdenkliches Schweigen. Nur das Rascheln des Papiers war zu hören, wenn Kim umblätterte.
Plötzlich gab sie einen erstaunten Laut von sich und sprang auf.
»Was ist?«, rief Franzi.
Kim klopfte auf das Manuskript. »Ich hab's!« Sie lief zum Bü-

cherregal und fasste zur Leiter. »Ob ihr's glaubt oder nicht. Es gibt eine Kammer hinter dem Bücherregal, und Dr. Reusch beschreibt sogar den Mechanismus, mit dem der Zugang geöffnet werden kann.« Kim zog die Augenbraue hoch. »Es ist natürlich die Frage, ob sie nicht einfach etwas erfunden hat, um ihre Memoiren noch spannender zu machen.«

Verwundert sah Marie Kim zu, die zur Leiter griff und diese ein Stück anhob.

Nichts tat sich.

Kim schlug sich vor die Stirn. »In die Mitte, ich muss die Leiter genau in die Mitte schieben.« Es quietsche leise, als sie die Leiter weiter nach rechts verschob. Erneut griff sie in die Sprossen und hob die Leiter an.

Ein Knacken ertönte. Kim atmete scharf aus und sah gespannt auf das Regal.

Marie hielt die Luft an, dann traute sie ihren Augen nicht: Unter leisem Surren schwang sehr langsam der mittlere Teil der Bücherwand auf!

Hanna gab einen erstickten Ton von sich. Sie starrte auf den kleinen Raum, der sich dahinter auftat. »Das ist der Hammer! Das ist die Kammer, die Großtante Irene mir gezeigt hat. Hundertprozentig! Ich erkenne die kleine Steinbank wieder. Nur gab es damals keine Keramiken und Steinfiguren und andere Sachen darin!«

Marie sah ebenfalls in die Kammer hinein. Ihr blieb der Mund offen stehen.

»Das müssen die verschwundenen Artefakte sein!«, rief Franzi. Sie wollte gerade in die Kammer eintreten, da hielt Kim sie zurück. »Warte. Ich glaube, da sind Spuren auf dem Boden!«

Detektivtagebuch von Kim Jülich
Sonntag, 21:15 Uhr

Es ist unfassbar!!! Der Fall auf der Alpaka-Farm hat sich in eine völlig unerwartete Richtung entwickelt!

Wir haben die Person, die hinter den Sabotageakten steckt, ermittelt: Es ist Olivers Freundin Juliane! Aber das ist längst noch nicht alles, was wir herausgefunden haben.

Tanja, Hanna und Christian konnten es nicht fassen, als wir ihnen gesagt haben, dass Juliane die Saboteurin ist. Als wir ihnen auch noch erklärt haben, dass die Sabotageakte noch nicht alles sind, was sie sich hat zuschulden kommen lassen, sind sie komplett aus allen Wolken gefallen.

Juliane hat mit diesen ganzen Sabotageakten nur eines bezweckt: Sie wollte uns und Tanja ablenken. Und zwar davon, die verschwundenen präkolumbischen Artefakte aus der Sammlung vorn Dr. Reusch zu suchen und zu finden!

Tja, wir haben sie aber gefunden, alle vierzehn Exponate!

Und zwar in einer GEHEIMEN KAMMER. Es ist sozusagen der absolute Kammer-Hammer! Total verrückt. Dr. Reusch hat wirklich einen geheimen Raum hinter der Bücherwand in ihrem Büro einbauen lassen. Das beschreibt sie in ihren Memoiren. Ich habe vorhin im Manuskript weitergelesen, und tatsächlich kam eine Stelle, in der sie erzählt, wo die Kammer ist und wie der Mechanismus funktioniert, um in sie hineinzukommen. Sie schreibt auch, dass sie es einfach spannend fand, eine geheime Kammer zu besitzen, und dass der Raum eine wichtige Funktion für sie gehabt hatte. Dr. Reusch hat sich nämlich darin einer Konfrontationstherapie unterzogen und so ihre Angst vor engen Räumen verloren. Die hatte sie als junge Frau entwickelt, nachdem sie tagelang in einer Tempelkammer verschüttet gewesen war. Ein bisschen verschroben ist das Ganze ja, aber es hat Dr. Reusch offensichtlich geholfen. (Womöglich sollte ich etwas Ähnliches auch mal ausprobieren, um meine eigene Angst vor zu wenig Platz endlich zu besiegen. Obwohl, ich glaube, bei mir reicht dann doch tiefes Ein- und Ausatmen, damit ich klarkomme!)

Der Mechanismus zum Öffnen der Kammer ist so einfach wie genial. Man muss die Leiter, die zur Bücherwand gehört, ein Stück anheben, damit wird die Laufschiene, in der sie hängt, nach oben gedrückt. Das löst den Öffnungsmechanismus aus, und der mittlere Teil des Regals schwingt auf. Der Kratzer, der uns am Freitag aufgefallen ist, stammt tatsächlich vom unteren Regalteil. Wir waren also schon am Freitag dicht dran, den versteckten Raum zu entdecken! Hanna hat ihn übrigens, mit der kleinen Bank darin, sofort wiedererkannt. Ihre Großtante hat ihn ihr tatsächlich gezeigt, als sie noch klein war. Nur lagerten damals noch keine Artefakte aus der Sammlung darin ...

Und jetzt kommt noch etwas: Wir haben auf dem staubigen Boden Fußspuren gefunden! Einige kleinere, mit einem Wellenmuster (!) im Profil, und ein paar größere. Es ist also ganz klar, dass Juliane in diesem Raum war, und es ist stark anzunehmen, dass Oliver mit dabei war. Klar, er muss von dem Raum Kenntnis haben, er hat Dr. Reusch, als ihr Assistent, schließlich bei der Erstellung ihrer Autobiografie geholfen. Eine Lauschaktion an der Wohnungstür hat uns Hinweise darauf geliefert, dass Oliver erpresst wird und er dringend Geld benötigt. Deshalb dürfte er – oder Juliane – auf die Idee gekommen sein, einige Artefakte aus den Kisten zu nehmen und in der geheimen Kammer zu verstecken.

Juliane will die Exponate verkaufen, damit sie den Erpresser auszahlen können. Der Deal soll schon am Dienstagvormittag stattfinden, es muss schnell gehen, weil der Erpresser, übrigens der Meditationslehrer Patrick (!), als Deadline Dienstagabend ge-

nannt hat. Juliane und Oliver müssen die Artefakte bald aus der Kammer holen. Wahrscheinlich schon morgen Nacht! Das ist obendrein ein optimaler Zeitpunkt für die beiden, weil sie die Sachen ungestört abtransportieren können. Tanja und Christan, und auch Hanna, haben seit Längerem Termine geplant, sodass sie in dieser Nacht eigentlich nicht auf dem Hof sein sollten.
Das alles ist doch wirklich unglaublich!
Zuerst wollten wir Juliane und Oliver sofort zur Rede stellen. Aber dann hatte Marie eine Idee, die Franzi und ich gut fanden. Und Tanja und Christian auch!
Juliane hat ziemlich gestaunt, als wir uns heute Abend spontan bei ihr verabschiedet haben. Wir haben erzählt, dass es seit gestern Vormittag keine Sabotageakte mehr gab und wir und Familie Stetter davon ausgehen, dass nichts mehr passieren wird. Und dass es sehr schade um die verschütteten Artefakte ist, aber dass wir da auch nichts mehr unternehmen können. Franzi hat noch deutlich gemacht, dass Tanja und Christian nun auch für die zwei Tage zur Auktion fahren werden.
Juliane hat sich sichtlich zufrieden von uns verabschiedet ...
So, und jetzt gilt es, bis morgen Abend durchzuhalten.
Mann, bin ich aufgeregt!!!

Geheimes Tagebuch von Kim Jülich
Sonntag, 22:01 Uhr

▸ Ben und Lukas! Dass ihr eben meinen Rat haben wolltet, finde ich schon sehr süß. Aber wenn ihr hier heimlich lest, gibt's trotzdem Saures! ◂
Die Namensfindung für den neuen Club meiner Brüder und Adele gestaltet sich schwierig. Adele hat vorgeschlagen, die Anfangsbuchstaben ihrer Vornamen zu nehmen, in der Reihenfolge vom jüngsten zum ältesten Mitglied: BLA. Oder vom ältesten zum jüngsten: ALB.

Die Zwillinge wollten wissen, welche Abkürzung ich besser finde. Ich habe sie gefragt, ob sie sich das ganz genau überlegt haben: BLA, so wie in Blabla, oder ALB wie Albtraum!?
Jetzt wollen sie noch mal mit Adele reden. Ich fürchte, dieser Namensfindungsprozess wird sich länger hinziehen, ich bin gespannt, ob die drei jemals dazu kommen, einen Fall zu lösen 😉.
Marie hat vorhin übrigens geschrieben und Franzi und mich zum neuesten Stand der Dinge in Sachen ›Holger bei mir zu Hause‹ informiert. Ich wusste, dass es eine Lösung geben würde: Holger ist vorübergehend in das Gartenhäuschen von Maries Oma und Opa eingezogen! Tessa hat gemerkt, dass er am Sonntag immer unruhiger wurde, und hat ihn gefragt, was los sei. Er hat ihr erzählt, dass er es wahnsinnig nett findet, dass sie ihm Unterschlupf in der Villa bietet, aber dass er nicht weiß, wie das ist, wenn er mit Marie am Abendbrottisch sitzen muss. Nach Hause wollte er aber auf keinen Fall, weil der Freund seiner Mutter dort am Abendbrottisch noch viel schlimmer ist. Also hat Tessa kurzerhand ihre Mutter angerufen und die Bleibe dort für Holger organisiert, alles kein Problem!
Franzi hat im Scherz zurückgeschrieben, ob dann vielleicht sie das Gästezimmer in der Villa haben könnte. Ihr Bruder Stefan ist heute Abend nämlich spontan mit seiner Freundin und dem Baby auf den Winkler-Hof geflüchtet. Sein WG-Kumpel feiert lautstark in seinen Geburtstag hinein und die kleine Leni konnte nicht schlafen. Allerdings kann sie das offenbar auch bei Winklers nicht. Sie schreit schon die ganze Zeit durch. Marie hat Franzi tatsächlich angeboten, bei ihr zu schlafen. Da hatte Franzi aber schon eine Lösung gefunden: Sie schläft im Stall bei Tinka. Na dann, gute Nacht!
Ich bin froh, dass ich in mein weiches, strohfreies Bett fallen darf. ☺

Leugnen ist zwecklos!

Marie blickte zwischen Franzi und Kim durch die Lamellen der heruntergelassenen Jalousie im Wintergarten. Sie konnte Simon sehen, der auf dem Weg zur oberen Weide war, um die beiden Alpakaherden in den Stall zu leiten. Marie dachte an Blanca. Sie hätte die Alpakastute vorhin gerne begrüßt, aber das war leider nicht möglich gewesen. Die Gefahr, dass Oliver womöglich vorbeikam und sie sah, war zu groß. Er und Juliane sollten davon ausgehen, dass sie heute Abend, wenn Simon gegangen war, alleine auf dem Hof sein würden. Deswegen hatten sich Tanja und Christian am Nachmittag von Juliane und Oliver verabschiedet und den Hof zum Schein mit Gepäck verlassen. Das Auto hatten sie hinter einer Scheune unweit des Schotterparkplatzes abgestellt und gewartet, bis Juliane mit ihrem Rad zur Sprachschule gefahren war. Dann hatten sie sich zurück zum Hof und in den Wintergarten geschlichen.
Kurz danach waren die Detektivinnen dazugestoßen.
»Mal sehen, wie lange wir warten müssen«, sagte Kim. Sie trommelte ungeduldig mit den Fingern auf der Fensterbank.

»Juliane ist von ihrer Arbeit in der Sprachschule wieder zurück. Aber es ist klar, dass sie abwarten, bis Simon den Hof verlassen hat.«

Marie sah auf ihr Handy. Es war kurz nach acht Uhr. »Außerdem sprach Juliane von Montag*nacht*. Das kann dauern.«

»Verhungern und verdursten müssen wir jedenfalls nicht«, stellte Franzi fest.

»In der Tat!« Kim betrachtete mit zufriedenem Gesicht den Berg an gefüllten Blätterteigtaschen und die Limo- und Wasserflaschen, die Tanja auf den Tisch gestellt hatte.

Christian gesellte sich zu den drei !!! ans Fenster. »Ich kann einfach immer noch nicht glauben, dass Juliane das alles gemacht hat. Und dass sie und Oliver wirklich die Artefakte beiseitegeschafft haben sollen!« Er schüttelte den Kopf. »Ist das vielleicht einfach ein großes Missverständnis?«

Tanja nickte. »Das wünschte ich auch.«

»Ich fürchte, das ist es nicht«, sagte Franzi. Sie nahm sich ein Glas vom Tisch, schenkte Limo ein und trank mit nachdenklichem Gesicht.

Ein *Pling* durchbrach die Stille.

Tanja sah auf ihr Handy. »Hanna fragt, ob sich schon etwas getan hat.« Sie tippte schnell eine Antwort.

Marie seufzte. Hanna war es schwergefallen, heute auf die Klassenfahrt zu gehen und nicht bei ihnen sein zu können. Sie hatte sogar überlegt, nicht mitzufahren. Aber das hatte Tanja nicht erlaubt. Sie hatte gesagt, dass es schon reichen würde, dass Christian und sie nicht zur Auktion fuhren.

Plötzlich bemerkte Marie am letzten Fenster des Stalls eine Bewegung. Sie erkannte, dass eins der Alpakas seinen hellbraunen Kopf herausgestreckt hatte. Neugierig blicke es sich um.
»Simon hat die Alpakas in den Stall gebracht«, sagte Marie leise. »Don Alfonso guckt zum Fenster raus.«
Tanja lächelte. »Tante Irene hat den Tieren öfter abends noch Kräuterleckerlis gegeben, wenn sie aus ihrem Büro kam.«
Im nächsten Moment sah Marie, dass Simon langsam am Stall vorbeilief. Seine Stimme drang durch ein geklapptes Fenster zu ihnen in den Wintergarten: »Macht's gut, Jungs und Mädels, bis morgen früh!«
Am Stall erschien, drei Fenster neben Don Alfonso, ein weißer Alpakakopf. Es war Blanca. Sie schnupperte kurz in die Dämmerung, zeigte ihre Zahnlücke und zog sich wieder zurück. Marie lächelte.
»Simon ist jetzt weg«, stellte Franzi fest. »Schauen wir, was passiert.« Sie stützte sich auf der Fensterbank ab und spähte durch die Lamellen.
Marie tastete sich an den Korbstühlen vorbei zum Tisch und nahm sich eine Teigtasche. Es war mittlerweile ziemlich dunkel im Raum, nur spärliches Restlicht sickerte durch die Lamellen der Jalousie.
Herzhaft biss Marie in den knusprigen Blätterteig und ließ sich die Füllung aus Schafskäse und Spinat auf der Zunge zergehen.
Plötzlich gab Franzi einen Laut von sich. »Da sind sie!«
Marie legte die Teigtasche zur Seite und sprang zu den anderen ans Fenster.

»Das ging schnell«, wisperte Kim.
Noch bevor Marie die beiden Gestalten sah, hörte sie Julianes Stimme: »Komm schon! Simon ist weg, wir ziehen das jetzt durch.«
»Nicht so laut!«, warnte Oliver.
»Es ist doch keiner da«, antwortete Juliane in genervtem Tonfall. Sie zog eine Sackkarre hinter sich her, auf der Verpackungsmaterial gestapelt war.
Maries Puls begann zu rasen.
»Das ist ungeheuerlich«, zischte Tanja. »Ich habe bis zum letzten Moment gehofft, dass ihr euch getäuscht habt und sie das nicht tun.«
»Wir essen eben später zu Abend«, war Julianes Stimme erneut zu hören. »Was ist, wo bleibst du?«
Oliver war in einigem Abstand vor dem Stall stehen geblieben. Das weiße Pflaster auf seiner Stirn leuchtete hell in der Dämmerung.
»Nun komm endlich, ich kann die Artefakte gleich nachher dem Käufer übergeben, er hat es begrüßt, dass ich das Geschäft vorgezogen habe. Jetzt müssen wir die Sachen nicht über Nacht im Auto lassen. Da bricht womöglich jemand ein und klaut sie.«
»Der Witz war gut«, flüsterte Kim.
Don Alfonso streckte seinen Kopf weiter aus dem Stallfenster. Er summte leise. Wahrscheinlich erwartete er ein Leckerli.
Oliver verschränkte die Arme vor der Brust. »Ich gehe an diesem Alpaka nicht vorbei. Das hat mich am Freitag erschreckt,

als es plötzlich im Fenster war. Und angespuckt! Nur wegen dem bin ich gestürzt!«

»Don Alfonso wollte bestimmt bloß ein Leckerli«, antwortete Juliane ungeduldig. »Und du wirst ihm im Schreck eins auf die Nase gegeben haben. Warum aber musstest du dann noch so laut schreien? Und dann noch Tanja und Christian die Story von einem Mann im Kapuzenpulli auftischen, den du verfolgt hast? Verdammt, nur wegen dir und deinem Ungeschick ist alles ins Rollen gekommen!«

Oliver machte einen Schritt nach vorne. »Mir ist in dem Moment nichts anderes eingefallen. Ich musste doch irgendwie erklären, was ich nachts vor dem Büro mache. Mit einer Kopfverletzung.«

Kim lachte leise auf. »Das Rätsel um den Kapuzenmann ist gelöst.«

»Das gibt's doch nicht«, zischte Franzi. »Wir sind wegen eines erfundenen Eindringlings tätig geworden!«

Marie signalisierte ihren Freundinnen, leise zu sein. Jetzt konnte sie hören, wie Juliane schnaubte. »Immerhin bist du durch diesen Schlamassel davon abgehalten worden, die Artefakte aus der Kammer zu holen und wieder ins Archiv zu stellen.«

Die drei !! sahen sich irritiert an.

»Ich hatte Angst, dass alles rauskommt«, jammerte Oliver. »Tanja hatte doch schon gemerkt, dass die Sachen fehlen. Sie wollte nachforschen.«

Marie schlug sich vor die Stirn. »So war das also«, murmelte sie.

»Wie hätte das rauskommen sollen?«, zischte Juliane und lief auf das Büro zu. »Nur durch deine Aktion hast du diese drei Schnüfflerinnen auf den Plan gerufen! Es war verdammt aufwendig für mich, sie in die Irre zu führen. Aber jetzt ist ja alles gut. Sie sind weg, und Tanja glaubt, dass die Artefakte verschüttet sind. Los, komm, wir müssen die Sachen verpacken. Morgen ist alles wieder in Ordnung. Wir geben Patrick das Geld und du kannst beruhigt zum Vorstellungsgespräch. Du bekommst die Stelle!«

Oliver stand einen Moment lang unschlüssig da. Dann setzte er sich zögerlich in Bewegung. Am Stall lief er schnell in gebückter Haltung an den Fenstern vorbei.

Don Alfonso machte den Hals lang und sah Oliver neugierig zu, während dieser hastig aufschloss und ins Büro schlüpfte.

Juliane folgte mit der Sackkarre. Sie schaltete das Licht ein und lehnte die Tür an.

Marie zog die Augenbrauen hoch. Juliane und Oliver schienen sich ja sehr sicher zu sein, dass außer ihnen niemand auf dem Hof war.

Christian und Tanja standen wie vom Donner gerührt da.

»Ich fasse es einfach nicht«, sagte Tanja heiser.

Christian brachte keinen Ton heraus.

»Wir sollten ihnen nicht zu viel Zeit mit dem Verpacken lassen«, gab Kim zu bedenken. »Das muss ja alles wieder ausgepackt werden.«

Franzi nickte. »Ich denke, unser Powerspruch ist eine gute Zeitspanne.«

Marie und Kim nickten sofort.
Die Detektivinnen stellten sich dicht zusammen und legten die Hände übereinander. Im Chor sagten sie leise: »Die drei !!!.«
Marie sagte: »Eins.«
Kim flüsterte: »Zwei!«
Und Franzi sagte: »Drei!«
Dann warfen sie gleichzeitig die Arme hoch und riefen unter den erstaunten Blicken von Tanja und Christian: »Power!!!«
Sofort spürte Marie, wie die Energie warm durch ihren Körper floss. Der Powerspruch war einfach immer wieder ein magisches Erlebnis!
»Los jetzt!«, rief Franzi und öffnete die Glastür des Wintergartens. Gefolgt von Tanja und Christian liefen die Detektivinnen hinüber zum Bürotrakt.
Oliver bemerkte ihr Eintreten in dem Moment, als er eine große Kiste vorsichtig auf der Sackkarre abstellte. Er schrie auf und stieß die Kiste beinahe von der Ladefläche.
»Vorsicht!«, rief Kim. Sie schüttelte verärgert den Kopf. »Was für eine unglaubliche Idee, präkolumbische Ausgrabungsgegenstände auf einer Sackkarre über einen Feldweg auf einen Schotterparkplatz zum Auto zu transportieren.« Sie zuckte mit den Schultern. »Aber euer gesamter Plan ist schließlich unglaublich.«
Juliane war im Eingang zur Kammer aufgetaucht. Sie hielt ein eine Rolle Luftpolsterfolie in den Händen und starrte fassungslos in die Runde. »Verdammt!«, war das Einzige, was sie hervorbrachte.

»Ich würde sagen: Leugnen ist zwecklos!«, rief Kim. »Ihr seid gerade auf frischer Tat ertappt worden!« Marie bemerkte, dass Juliane und Oliver sich schnelle Blicke zuwarfen. Juliane sah zur offenen Tür hinter Tanja und Christian.
»Und denkt nicht daran, zu flüchten«, ergänzte Marie mit fester Stimme.
Tanja reagierte prompt, ließ die Tür zufallen und schloss ab. »Sicher ist sicher«, murmelte sie und steckte den Schlüsselbund ein.
»Ich hab's geahnt, dass das alles schiefgeht.« Oliver senkte den Kopf.
Juliane atmete scharf aus. »Ich habe mir so viel Mühe gegeben.«
Marie zückte ihr Handy. »Ich rufe die Polizei. Dann kannst du gleich genau erzählen, wie das ausgesehen hat, dieses ›Sich-Mühe-Geben‹.«
»Solltet ihr nicht reden wollen, können natürlich auch wir alles erzählen«, sagte Franzi. »Angefangen damit, dass Oliver von Patrick wegen seiner abgeschriebenen Doktorarbeit erpresst wird, ihr Geld brauchtet und deswegen auf die Idee gekommen seid, einige Artefakte aus der Sammlung zu nehmen, um sie illegal zu verkaufen.«
Oliver riss die Augen auf. »Woher ...«
Kim schnitt ihm das Wort ab: »Aber ihr musstet einen Zeitpunkt abwarten, zu dem niemand auf dem Hof sein würde, um die Sachen unbehelligt abtransportieren zu können. Der heutige Tag zum Beispiel war ideal.«

»Und die geheime Kammer war für diesen Zeitraum das perfekte Versteck«, fuhr Marie fort. »Oliver wusste aus dem Manuskript von Dr. Reusch davon.«
Kim räusperte sich. »Ihr habt wohl gedacht, dass niemand merkt, dass einige Kisten im Archivregal leer sind. Aber dann erzählte Tanja, dass ihre Tante in ihrem Testament die Rückführung der Sachen nach Peru gewünscht hat. Und dann kam auch noch eine genaue Inventarliste, die Tanja abarbeiten wollte.«
»Oliver hat kalte Füße und Panik bekommen, als Tanja ihm sagte, dass einige Artefakte zu fehlen scheinen und sie das überprüfen will.« Franzi verschränkte die Arme vor der Brust. »Ja, und dann ist es ganz blöd gelaufen. Oliver hat in der Nacht, als er ins Büro wollte, um die Sachen einfach wieder zurückzupacken, eine überraschende Begegnung mit Don Alfonso. Oliver hat sich so erschreckt, dass er gestürzt ist und laut aufgeschrien hat. Als Tanja und Christian ihm zu Hilfe geeilt sind, hat er ihnen eine Geschichte von einem Eindringling erzählt, um eine Erklärung dafür zu haben, was er mitten in der Nacht vor dem Büro zu suchen hat.«
»Und dann kamen wir ins Spiel«, ergänzte Marie. »Als wir von dem nächtlichen Vorfall auf der Farm erfahren haben, haben wir natürlich gleich zu ermitteln begonnen. Das hat Juliane nervös gemacht. Sie hat mit Sabotageakten versucht, uns von der Suche nach der geheimen Kammer und den Artefakten abzulenken!« Sie räusperte sich und sah Juliane verärgert an. »Wir haben für jede deiner Taten einen Beweis. Zum Beispiel

ein Stück vom Innenfutter deiner Jacke, das am Begrüßungsschild gehangen hat. Um nur einen zu nennen.«
Juliane gab einen erstickten Laut von sich.
Franzi funkelte die Frau wütend an. »Meine Güte, du hast dir wirklich viel Mühe gegeben. Du hast sogar den Verdacht auf Erwin Reuter gelenkt. Und die Sache mit dem gefälschten Plan war echt raffiniert. Aber besonders die Nummer im Wald war gefährlich. Das hätte für Tiere und Menschen böse ausgehen können!«
Juliane war der Mund offen stehen geblieben. Sie klappte ihn wieder zu und schluckte. »Das habt ihr alles herausgefunden?«
»Du weißt, dass wir Detektivinnen sind.« Franzi zuckte mit den Schultern. »Diesen Begriff ziehe ich übrigens dem von dir benutzten *Schnüfflerinnen* bei Weitem vor.«
Juliane nickte schwach, sie hielt sich krampfhaft am Bücherregal fest.
Oliver sank auf den Schreibtischstuhl und kniff die Augen zusammen.
Marie konnte nicht sagen, wer von beiden bleicher im Gesicht war.
Sie nickte Kim und Franzi zu. »Ich rufe Kommissar Peters an.«

Mit drei Ausrufezeichen!!!

»Achtung!«, rief Franzi leise und kicherte. »Höchster Kuschelalarm!«

Marie fuhr vorsichtig durch Blancas weiches Lockenfell und summte mit dem Alpaka zusammen leise vor sich hin. Sie nahm sich vor, die Farm in Zukunft häufiger zu besuchen. Finn würde hier bestimmt auch großen Spaß haben.

Plötzlich kam Blanca ein Stück näher an Maries Kopf heran. Sie berührte ihre Wange mit ihrer Schnauze. Ganz leicht, ganz kurz, ganz warm.

Maries Herz machte einen Hüpfer.

»Glückwunsch!«, rief Hanna. »Das war ein echtes Alpaka-Küsschen!«

Blanca ließ sich noch eine Weile den Hals streicheln, dann wandte sie sich ab und trabte zu den anderen Stuten auf der Weide.

Marie kletterte über den Zaun zurück und ließ sich bei den anderen auf der Picknickdecke nieder.

»Es wird Zeit, dass du kommst«, nuschelte Kim. »Der Apfelstreuselkuchen ist köstlich. Wir haben dir gerade noch ein Stück übrig gelassen.«

Tanja lächelte. »Keine Sorge, ich habe in der Küche noch ein ganzes Blech davon.«

Marie nahm sich den Teller mit dem Kuchenstück und eine Gabel. »Vielen Dank für die Einladung, Tanja. Tut mir leid, dass ich gleich weggelaufen bin. Aber als Blanca an den Zaun gekommen ist, konnte ich einfach nicht widerstehen.«

»Das ist doch kein Thema«, antwortete Tanja. »Wenn das jemand versteht, dann Hanna und ich!«

Hanna nickte. »Ich habe unsere Alpakas die Woche über in Berlin so vermisst.«

»Jedenfalls ist es superschön, ein Sonntags-Kuchenpicknick an der Alpaka-Weide zu machen«, sagte Franzi.

Tanja nahm einen Schluck aus ihrem Kakaobecher. »Ich dachte, dass es schön wäre, wenn wir noch mal in Ruhe zusammensitzen. Und das Mittagessen an der Wiese hatte euch doch so gut gefallen!« Sie stellte den Becher ab. »Christian will später dazukommen. Er ist gerade mit der Gruppe unterwegs, der ich letztes Wochenende abgesagt hatte.«

Hanna lächelte. »Simon begleitet ihn. Ich freue mich so, dass sein Vater jetzt eingesehen hat, dass Simons Leben einfach die Alpakas sind!«

»Das ist wirklich klasse«, stimmte Franzi zu und pikte ein großes Stück Kuchen von ihrem Teller.

Die anderen nickten. Dann herrschte für eine Weile Schweigen auf der Picknickdecke. Nur leises Schmatzen war zu hören.

Kim nahm mit nachdenklichem Blick einen Schluck aus ihrer Kakaotasse. »Es ist schon seltsam, dass eigentlich genau durch unser Auftauchen hier auf der Farm Juliane zu den Sabotageakten angestiftet wurde.«

»Aber so etwas konnte ja keiner ahnen!«, rief Hanna sofort. »Es ist zum Glück niemand zu Schaden gekommen. Dafür habt ihr verhindert, dass Juliane und Oliver die Artefakte von Großtante Irene an einen dubiosen Sammler verkauft haben!«

»Das stimmt«, sagte Kim.

»Die beiden ziehen übrigens nächste Woche aus der Dachwohnung aus.« Tanja schüttelte den Kopf. »Sie haben sich mehrfach bei uns entschuldigt, aber nach dem, was passiert ist, können sie auf keinen Fall bei uns wohnen bleiben.«

Marie nickte. »Ich bin gespannt, welche Strafe sie bekommen. Kommissar Peters meinte, das Strafmaß hänge auch davon ab, ob ihr Anzeige gegen sie erstattet.«

Tanja seufzte. »Das müssen Chris und ich noch überlegen.« Sie stand auf. »Ich hole noch ein paar Stücke Kuchen.«

»Sagt mal«, platzte Hanna plötzlich heraus. »Stimmt es, dass ihr diesen Kommissar persönlich kennt?«

»Ja klar! Kim, Franzi und ich arbeiten eng mit der Polizei zusammen.« Marie lachte. »Meistens machen wir die Verbrecher dingfest und übergeben sie dann ihm oder seiner Kollegin Kommissarin Aslan.«

Dass Kommissar Peters Kim, Franzi und ihr auch regelmäßig eine Strafpredigt hielt, wenn sie wieder einen Fall im Alleingang gelöst hatten, behielt Marie lieber für sich.

»Ihr seid eben Profis«, sagte Hanna beeindruckt. »Wisst ihr denn auch, was jetzt mit Patrick passiert?«
Kim kaute schnell und schluckte. »Kommissar Peters meinte, dass es schwierig wird, dem Mann die Erpressung nachzuweisen. Es gibt nichts Schriftliches. Notfalls steht Olivers Aussage gegen seine. Vielleicht werden Marie, Franzi und ich eine Zeugenaussage machen. Wir haben das Gespräch ja in der Wohnung gehört. Allerdings könnte sich Patrick damit rausreden, dass wir alles völlig missverstanden haben.«
»Das ist ja ein Ding.« Hanna schnaubte. »Aber ich glaube, er hat schon eine heftige Strafe erhalten. Er hat Mama gestern angerufen und erzählt, dass er keine Meditationsstunden mehr abhalten wird. Er muss seine Yogaschule aufgeben, weil er pleite ist. Er konnte einen Bankkredit nicht mehr abzahlen und musste Konkurs anmelden.«
»Dafür hat er also Geld gebraucht«, sagte Kim. »Meine Güte, es gibt doch andere Möglichkeiten in so einer Situation, als Leute zu erpressen.«
Franzi zog die Augenbrauen hoch. »Ich glaube, er wollte Oliver auch einfach eins auswischen, weil der ihm Juliane ausgespannt hat. Das hat sie bei dem Streit jedenfalls gesagt.«
Tanja kam mit einem Teller voller Apfelkuchenstücke und einem Schälchen Sahne zu ihnen zurück. Sie stellte die Sachen auf der Decke ab und setzte sich. »Am Freitag war der Notar zusammen mit einer Mitarbeiterin der peruanischen Botschaft da. Frau Gómez Noria war sehr beeindruckt, als ich ihr von euch erzählt habe und was wir euch verdanken.« Tanja kniff

die Augen zusammen. »Mir war nicht bewusst, wie groß das Problem des illegalen Handels mit Kulturgütern ist.«

»Aber das haben wir dir doch erzählt«, sagte Franzi.

Tanja runzelte die Stirn. »Ja, schon. Aber dass es über zehn Milliarden Euro sind, die Kriminelle weltweit pro Jahr damit verdienen, das ist doch der Wahnsinn.« Sie schüttelte den Kopf. »Frau Gómez Noria sagte, dass die Kulturhehlerei damit knapp hinter dem Drogen- und Waffenhandel rangiert!«

»Das wissen wir«, sagte Kim. »Das Problem ist, dass es immer wieder private Sammler gibt, die es nicht interessiert, wo bestimmte Stücke herstammen, auf die sie so großen Wert legen. Sie bezahlen viel Geld und finden es einfach toll, im Besitz dieser Sachen zu sein. Dass großer Schaden für die Forschung entsteht, ist ihnen egal.«

»Nun ja, leider hat sich Tante Irene auch nicht gerade mit Ruhm bekleckert.« Tanja schwieg nachdenklich. Dann seufzte sie. »Immerhin hat sie genau festgehalten, wo sie die Ausgrabungsgegenstände jeweils gefunden hat. Frau Gómez Noria meinte, dass das für die Wissenschaftler in Peru wichtig ist, um die Artefakte richtig zuordnen zu können.«

»Also ist jetzt bald alles gut«, sagte Hanna zufrieden.

»Ja! Kommenden Monat sollen die Artefakte nach Peru überführt werden.« Tanja sah zu den drei !!!. »Die Botschaft wird sich übrigens noch mit einem Brief bei euch Detektivinnen bedanken. Frau Gómez Noria hat nach euren Adressen gefragt, und ich habe mir erlaubt, ihr die Daten von eurer Visitenkarte zu geben. Ich hoffe, das war in Ordnung?«

»Natürlich«, sagte Kim. »Dann sind wir mal gespannt!«
Von der Weide erklangen leise Möphlaute.
Marie gab einen Laut zurück und Blanca drehte sich zufrieden wieder zurück zu ihrer Herde.
»Müssen Kim und ich uns eigentlich Sorgen machen?«, fragte Franzi grinsend. »Du und Blanca, ihr seid ja richtig dick befreundet.«
Marie lächelte. »Das mit Blanca ist wirklich eine tolle Erfahrung für mich.« Dann sah sie Franzi und Kim an. »Aber glaubt mir, ich weiß ganz genau, wer meine besten Freundinnen sind.«
Sie rückte näher an Kim und Franzi heran. »Meine allerbesten Freundinnen!«
Kim und Franzi legten die Arme um sie, und Marie drückte die beiden fest an sich.
»Meine allerbesten Freundinnen!!!«, rief sie. »Mit drei Ausrufezeichen!«

Mira Sol mag Sonnenblumen, Krimis und Geheimnisse. Sie lebt und schreibt in Stuttgart. Die Ideen zu ihren Geschichten findet sie beim Beobachten von Menschen im Café, beim Zeitunglesen oder bei langen Spaziergängen im Wald. Oder auch mal an einer Weide, auf der sie kuschelige Alpakas aus großen Kulleraugen neugierig anschauen und zu sagen scheinen: »Schreib mal einen Krimi, in dem wir vorkommen!«

Die drei !!!

Clevere Girls knacken jeden Fall!

- ☐ Die Handy-Falle
- ☐ Betrug beim Casting
- ☐ Gefährlicher Chat
- ☐ Gefahr im Reitstall
- ☐ Nixensommer
- ☐ Das rote Phantom
- ☐ Wildpferd in Gefahr
- ☐ Tatort Kreuzfahrt
- ☐ Das geheime Parfüm
- ☐ Der Fall Dornröschen
- ☐ Der Graffiti-Code
- ☐ Heuler in Not
- ☐ Tatort Geisterbahn
- ☐ Gefahr im Netz
- ☐ Nacht der Wölfe
- ☐ Gefährliches Spiel
- ☐ Gefahr in den Ruinen
- ☐ Kuss der Meerjungfrau
- ☐ Legende der Einhörner
- ☐ Rätsel der Vergangenheit
- ☐ Tatort Hollywood
- ☐ #Falscher Ruhm
- ☐ Achtung, Gaunerzeichen!
- ☐ Das Bienengeheimnis
- ☐ Vier Pfoten in Gefahr
- ☐ Ein echt schöner Fall
- ☐ Geheimnis im Spukhotel
- ☐ Das Konfetti-Komplott
- ☐ Voller Einsatz für die Erde
- ☐ Luftballon-Küsse
- ☐ Ein Fall mit Herz und Huf
- ☐ Rätselhafter Raub
- ☐ Geheimnisvoller Liebestrank
- ☐ Die Krimi-Verschwörung
- ☐ Der Fluch der Fee
- ☐ Mission Gipfelglück
- ☐ Geburtstagsdiebe
- ☐ Geheimnis am Fluss
- ☐ Abenteuer-Küsse
- ☐ Unheimliches Meeresleuchten
- ☐ Falle im alten Kino
- ☐ Abenteuer Afrika
- ☐ Rätsel der alten Eiche
- ☐ Influencerin in Not
- ☐ Spuk auf dem Campingplatz
- ☐ Detektivinnen in Gefahr
- ☐ Alpaka-Alarm